딱지 6

포도대장 장지항과 의도 일지매

두 딱지 시리즈는 '너저분하고 잡스러운 세속의 야기'를 모토로 딱지본 소설을 현대어로 번역하 선보인다.

지본 소설은 20세기 초 많은 대중에게 사랑받았 나 이후 근대 소설에 미달한다는 평가를 받으며 학장에서 잊힌 작품군이다. 딱지 시리즈는 근대 설의 규범과 기준에 얽매여 우리가 잃어버린 이 기와 그 속에 담겨 있는 정제되지 않은 욕망들에 목했다. 이 '미달'의 이야기들 속에 '넘쳐나는' 다 한 인물과 사건 그리고 상상력은 100년 전 독자 이 그러했듯 현대의 독자들에게도 이야기를 읽 다는 것 자체의 즐거움을 선사할 것이다.

론 이 이야기들에도 한계는 존재한다. 그러나 불 전하고 모자란 이야기는 또 다른 이야기를 필요 한다는 점에서 계속해서 이어질 수 있는 이야기 기도 하다. 한 편의 완전하고 완벽한 이야기가 닌 시리즈로 구성한 까닭이 바로 여기에 있다. 지 시리즈는 '이야기의 한계는 이야기로 채운다' 마음으로 작품 리스트를 쌓아 나가고자 한다.

일러두기

— 『포도대장 장지항과 의도 일지매』의 원제는 『포도대장 장지항과 의도 일지매 실긔(捕盜大將張志恒과義盜一枝梅實記)』이다. 실기(實記)란 역사적 사건과 실상, 체험 등을 기록하는 갈래를 말한다. 여기서는 역사적 인물과 사건을 중심으로 엮은 이야기, 혹은 소설의 틀에 역사적 사실이나 기존 설화, 야담 등을 덧붙인 형식이라고 볼 수 있다.

— 『포도대장 장지항과 의도 일지매 실긔』는 1929년 대성서림(大成書林)에서 발행되었다. 첫 면에 '이규용 저(李圭瑢 著)', 판권지에 '저작 겸 발행인 강은형(著作兼發行人 姜殷馨)'이라고 적혀 있다. 이규용은 대성서림에서 『의협신소설 대장부(大丈夫)』(1926), 『신소설 칠도팔긔(七倒八起)』(1926), 『신소설단편소설 덕셩복(德成福)』(1926), 『영조대왕야순긔(英祖大王夜巡記)』(1929) 등을 발간했으며, 『쌍미긔봉(雙美奇逢)』(滙東書館, 1916), 『악의젼단젼(樂毅田單傳)』(廣益書館, 1918), 『셔태후젼(西太后傳)』(廣文社, 1922) 등의 저작도 있다. 강은형은 1920~30년대에 대성서림 사주(社主)를 맡았던 출판인이다. 따라서 『포도대장 장지항과 의도 일지매 실긔』는 이규용의 저작물이라 볼 수 있다.

— 본문은 『포도대장 장지항과 의도 일지매 실긔』를 현대어로 번역하였다. 원작의 표현을 살려 번역하되 지금의 한글맞춤법에 따라 수정하였으며, 현대의 독자가 읽었을 때 이해하기 쉽도록 중복된 내용을 축약하거나 의역한 부분도 더러 존재한다. 뜻을 분명하게 전달하기 위해 본문의 몇 단어는 한자를 병기하였으며, 뜻풀이나 보충 설명 등은 주석으로 달았다.

— 해설은 번역자가 쓴 것으로, 현대의 독자가 작품을 더욱 흥미롭게 읽을 수 있는 길잡이를 제공하고자 하였다. 원문은 책의 끝에 실었으며, 원문 그대로 수록하는 것을 원칙으로 하였다. 띄어쓰기가 제각각인 것 또한 원문을 그대로 따른 것이다.

포도대장 장지항과 의도 일지매

이규용 저작
장지훈 현대어 옮김

두두

차례

현대어 번역 5

해설 경계를 뛰어넘는 조선의 불온한 주체들 60

원문 82

영조대왕께옵서 말년에는 연로하셔서 항상 하시던 야순(夜巡)도 못 하시고 밤이면 잠도 없으셔서 심심하시므로, 인재도 직접 살피시고 여항(閭巷)의 민정도 아시기 위해서 매일 밤이면 궐내 각사에 입직한 관원들을 입시하라고 편전으로 부르셔서 공사에 관계되는 일도 하순하시고, 한만(汗漫)[1]한 여염 간 이야기도 들으시던 터이다.

하루는 선전관청에 입직한 선전관(宣傳官)[2]들을 부르셔서 가정 간의 부자나 조손처럼 상하체통을 보지 않으시고 허물없이 물으시고 대답을 하였다. 영조께서 물으시기를

"민간에서 옛날부터 유전(流傳)하던 것이든지 너의 눈으로 본 일이든지 아무것이나 아는 대로 이야기를 하라."

입시한 선전관 두 사람 중에 한 사람은 영남 사람이요 한 사람은 장지항(張志恒)이니, 그는 다년 훈련대장으로 명성이 자자하던 장붕익[3]의 아들로 문벌도 혁혁하거니와 여력(膂力)과 효용(驍勇)[4]이 당시 여포라 할 만한 터이다. 그는 이왕에도 여러 번 입시한 경력이 있으므로 아는 대로 무슨 이야기

듣지 대강 아뢰었다. 영남 사람은 처음일 뿐 아니라 원래 시골서 생장해 임금 계신 곳에서 황송만 해서 두서가 없으므로 다만 아뢰기를

"소신은 아뢰올 이야기가 없습니다."

영조께서 다시 물으시기를

"그러면 네가 지낸 이야기라도 해라."

"소신이 시골서 올 때에 본 일은 있습니다."

영조께서 웃으시며

"그것이 더 좋은 이야기다."

1 내버려 두고 등한시하다.

2 왕의 측근에서 왕명을 출납하고 군무를 수행하는 무관직. 군사·치안·민생 구호 등 다방면에서 활동했는데, 기본적인 직무는 임금을 호위하는 시위(侍衛)와 차례를 정해 당직을 서는 입직(入直)이었다.

3 장붕익(張鵬翼)은 장지항의 할아버지이고, 장지항의 아버지는 장태소(張泰紹)이므로 이는 서술상의 오류로 보인다. 영조 때에 어영대장, 훈련대장, 포도대장, 형조참판 등을 역임한 장붕익은 조선의 조직 폭력배인 검계(劍契)를 소탕한 인물로 유명하다. 장붕익-장태소-장지항 삼대가 모두 포도대장을 지냈다.

4 여력은 완력이나 근력, 효용은 날쌔고 용감한 기질을 말한다.

"소신이 이번에 서울 올 때 고령 땅에 당도하여서 해는 저물어 가고 주막은 없사와 망설이다 못해 촌가를 찾아 들어갔습니다."

"그래서?"

"큰집 하나가 있삽기로 문 앞에 가서 불렀습니다. 두세 차례나 불러도 대답하는 사람은 없었습니다."

"그래서 어찌해?"

"생각다 못해서 문 안에를 들어서서 또 불러보았습니다. 그제야 안에서 여자 목소리로 간신히 들릴 만큼 '누구를 찾으시오?' 합니다."

"그래서?"

"'길 가던 사람이 해는 저물고 주막은 없어서 자고 가자고 왔소' 하였습니다.

'여기서는 주무시지 못하실 터이니 다른 데로 가시오' 합니다.

'날이 어두워서 인가를 찾아온 사람을 너무 박절히 하오. 인제는 다른 데로 갈 수가 없으니 아무 데서라도 하룻밤만 자고 가게 해 주오' 하였습니다.

'내가 박절히 하는 것이 아니요, 당신을 위해서

하는 말이니 여러 말 마시고 더 늦게 전에 다른 곳으로 가서 주무시오' 합니다."

"그것참 이상한 일이로구나, 그래서 또 어찌했어?"

"'집에 온 사람을 다른 데로 가라고 하면서 나를 위한다는 것이 무슨 말이오? 이 산골에 밤은 벌써 늦었는데 갈 데가 있어야 아니하오? 아무 데라도 빌려 주면 자고 갈 터이오' 하였습니다.

'그처럼 하시니 이리 들어오시면 자세한 이야기를 하겠습니다' 합니다.

소신은 그 말을 듣고 안으로 들어갔습니다. 아무도 없는 빈집에 나이 열여덟아홉 살가량 돼 보이는 소복 입은 처녀 하나만 있습니다. 소신은 이상해서

'집안 식구는 다 어디 가고 너만 혼자 있니?' 하였습니다.

그 처녀는 근심이 얼굴에 드러나서

'우리 집이 부모도 계시고 식구도 여럿이었고, 형세도 구차하지는 않았습니다. 집 뒤 산속에 작은 절이 있고 그 절에는 늙은 중 하나가 있었습니

다. 반년 전에 어디서 왔는지는 알지 못합니다마는 흉악하게 생긴 중놈 하나가 오더니, 그 늙은 중을 죽였는지 어디로 쫓아 보냈는지 그놈이 혼자 있었습니다. 그놈이 우리 집에를 간혹 양식도 취하러 다니기를 여러 번 하다가 저를 본 것입니다. 그 흉한 놈이 밤중에 내려와서 우리 부모와 식구를 다 죽이고 저를 겁탈하려 하였습니다. 저는 죽으려고 하였더니 그놈이 빌면서 '죽지 않으면 네가 하라는 대로 하겠다'고 하였습니다. 삼년상이 지나야 자기 하고 살겠다고 속인 것은 제가 죽고 보면 원수 갚을 사람이 없기로, 당장 욕을 면하고 살아 있다가 어찌하든지 그놈을 죽여서 원수를 갚으려는 것입니다. 그놈이 삼 년은 너무 오래이니 소상(小喪)[5] 후에는 살기로 하자기에 제가 그리하마고 허락을 하고 있는 지가 벌써 반년이나 되었습니다. 그놈이 만일 와서 당신을 보면 그대로 둘 리 있습니까? 필경 죽이고 말 터이라 여기서 주무시지 못한다는 것이니 빨리 다른 데로 가셔서 주무시고, 제 형편을 불쌍히 여기거든 관부에 이 사연을 고해 주시면 난망지은(難忘之恩)[6]이 될 것입니다' 합니다.

소신이 생각해 본즉 그 밤중에 갈 곳도 없사옵고 또 그 중놈이 아무리 흉악할지라도 정량(正兩)[7]으로 한 번 맞히면 죽고 말 터이기로

'그놈이 아무리 흉악하여도 내가 처치할 터이니 아무 염려 마라' 하였습니다.

'당신이 그놈을 보시지 못하셨으니까 그리 말씀하시나 봅니다마는 당신같이 연약하신 양반이 그 태산 같은 놈을 어찌하겠다고 하십니까? 공연히 당신만 그놈에게 해를 보실 터이니 별말씀 마시오' 합니다.

'내가 아무리 연약해도 그놈 하나는 염려 없다' 하였습니다.

'당신이 그처럼 하시니 필경 무슨 도리가 있나 봅니다. 말씀과 같이만 되면 그런 은혜가 어디 있겠습니까?' 합니다.

5 사람이 죽은 지 한 해가 지나서 지내는 제사.

6 잊기 어려울 정도로 깊은 은혜.

7 쇠로 만든 화살을 메어서 쏘는 큰 활.

'그놈이 어느 때면 오느냐?' 물었습니다.

'주야로 온다마는 밤이면 매양 늦게 와서 놀다가 가지요' 합니다.

그 처녀가 저녁밥을 해서 먹으라기로 시장해서 먹고 난 후에 다락 위에 올라가서 활을 옆에 놓고 그놈이 오기를 기다렸습니다. 한참 만에 밖에서 발자취 소리가 꽝꽝 나면서 먹장삼 입고 송낙(松絡)[8]을 쓰고 서까래만큼 큰 지팡이를 짚고 들어오는 놈을 본즉 키는 구 척이나 되옵고[9] 허리는 열 아름은 되고 얼굴은 맷방석만 하옵고 검은 얼굴에 방울 같은 눈을 굴리며 방안에 들어앉은 것이 태산 같았습니다. 소신이 한 번 보옵고 정신이 아득하와 맥이 풀려서 활을 쏠 의사가 날 수 있습니까? 가만히 생각해서 본즉 그놈에게 잡히기만 하면 죽고 말 터옵기로 가만히 뒤창으로 내려와서 밤새도록 도망해 서울로 올라왔습니다."

"그 후에 어찌 된 것은 모르겠지?"

"어찌 알 도리가 있었겠습니까?"

영조께옵서 진노하옵서서

"네가 당당한 무부(武夫)로서 그만 놈을 보고서

도망을 하니 만약 나라에 큰일이 있고 보면 도망부터 할 것이 아니야? 너 같은 위인은 벼슬에 두었다가 무엇에 쓰겠느냐? 너는 나가서 내일로 사직을 하렸다!"

그 사람은 황공무지(惶恐無地)[10]하여 대답하고 나왔다. 장지항은 같이 나와서 그 사람더러

"여보시오, 아까 어전에서 아뢰던 그 처녀의 집이 고령 땅 어디요?"

그 사람은 대강 어느 곳이라고 찾아갈 만큼 가르쳐 주었다. 장지항은 다시 묻기를

"노형이 그러고 온 지가 얼마나 되었소?"

"두 달이나 지났지요."

이튿날 그 사람은 과연 사직하고, 장지항은 얼마간 수유(受由)[11]를 하였다. 장지항은 그날로 떠나

8 승려들이 외부로 나갈 때 쓰는, 정수리 부분이 뚫려 있는 삼각형 모양의 모자.

9 1미터가 3.3척이므로 9척은 2.7미터를 웃도는 장신이다.

10 위엄이나 지위에 눌려 몸 둘 바를 모르다.

11 말미를 얻어 휴가를 떠나다.

서 고령 지경을 당도해 그 사람이 가르쳐 준 산골로 들어간즉 과연 큰 집 하나가 있고 인적이 고요한 것이 빈집 같다. 날이 늦어지기를 기다려서 그 집 문 앞에 가서 불렀다. 대답은 없다. 문 안에 들어서서 또 불렀다. 역시 대답은 없다. 아마 그 처녀가 그동안에 죽지나 않았나 하며 안마당을 들어서서 또 불렀다. 그제야 방안에서 소복 입은 처녀가 나오면서

"누구를 찾으십니까?"

"나는 길 가던 사람인데 날은 저물고 주막은 없어서 하룻밤 자고 가려고 왔다."

"그러하시겠습니다마는 우리 집에서는 주무실 수가 없습니다. 다른 데로나 가 보십시오."

"어두운 날에 인가 근처를 찾아온 사람을 어디로 가라느냐? 아무 데서든지 자고 갈 터이다."

"제가 박절한 줄로 아시나 봅니다마는 주무시지 못할 사정이 있습니다."

"사정은 무슨 사정인지 모른다마는 대체 이 집에 어른은 다 어디 가고 없니?"

"아무도 없이 저 혼자뿐입니다."

"괴상한 말이다. 이 산골에 네가 혼자 어찌 산단 말이냐?"

"그러기로 아직 죽기 직전으로 살아 있습니다. 그러나 어서 다른 데로 가십시오. 지체하시다가는 큰일 날 터이올시다."

"네가 하는 말을 알지 못하겠다. 설혹 내가 여기 있기로 큰일 날 것이야 무엇이냐?"

"말이 장황하기로 말씀을 못 한 것이러니, 이처럼 물으시니 대강 하겠습니다."

하고 여차여차하니 장지항은 들은즉 그 영남 사람의 이야기와 다름이 없다. 껄껄 웃으며

"그놈이 아무리 흉악할지라도 겁낼 것 있니? 너는 아무 염려 말고 있으면 내가 그놈을 조처할 터이다."

그 처녀는 무슨 생각을 하고서

"별말씀 마셔요. 몇 달 전에도 당신과 같이 장담하던 사람이 있기로 저는 태산같이 믿었더니 급기야 그놈을 보고는 어느 때에 도망했는지 알지도 못하게 간 일이 있었습니다."

"그 사람이 누구인지는 알지 못한다마는 사람

마다 그와 같겠느냐? 여러 말 할 것 없이 보기만 해라."

"당신 말씀 같으면 오죽 좋겠습니까? 제 마음에는 대단히 조심됩니다."

"네가 그러기도 괴이치 않다. 별말 할 것 없이 또 한 번만 내게 속아 보려무나."

"아마 저녁을 아니 잡수셨을 터이니 이리 들어오셔서 잠깐만 앉아 계십시오."

장지항은 방으로 들어가 앉아 있고 처녀는 부리나케 밥을 차려 왔다. 장지항은 밥을 먹고 나서

"그놈이 어느 때에 오느냐?"

"오래지 아니해서 오게 됩니다."

"그러면 그놈이 와서 앉는 것을 볼 만한 곳에 숨어 있어야 아니하니?"

"그리하시지요. 그놈이 오면 매양 이곳에 앉습니다. 저 다락에 올라가 계시고 문만 열어 놓으면 그놈 앉은 것이 똑바로 뵙니다."

장지항은 몸단속을 단단히 하고 다락에 올라 앉아서 그놈이 오기를 기다렸다. 얼마 아니 되어서 밖에서 발자취 소리가 꽝꽝 나며 중놈 하나가

들어오는데, 듣던 말과 같이 구척장신에다가 태산 같은 몸에 방 속이 빠듯하다. 송낙을 벗어 놓고 검고 흉한 얼굴에다 웃음을 허허 웃고서

“우리 애기, 밥 많이 먹었나? 볼수록 어여쁘기도 하다.”

“별안간에 무엇이 어여쁘다고 하오? 밥만 많이 먹으면 어여쁘겠소?”

“그러면 어여쁘지도 아니한 것을 공연히 어여쁘다고 하였군!”

처녀는 어찌 될지 몰라서 마음이 조마조마해 그놈과 멀리 앉아서 묻는 말에만 대답한다. 그놈은 또 웃으면서

“이제 몇 달만 더 지내면 우리가 혼인을 할까?”

“중도 장가 가듭니까? 별소리를 다 듣겠소.”

“나는 그러면 그동안에 머리를 길러서 상투를 할까 보다.”

“없는 머리를 애써 길러서 장가 가 무얼 하오?”

“그러면 중 서방이 좋은 게로군.”

장지항은 그놈이 말하는 것을 들을수록 통한한 마음이 북받쳐서 정량에다가 살을 먹여서 평생

힘을 다 들여서 그놈의 멱통을 향해 쏘았다. 처녀는 그놈과 문답을 하던 중에 별안간 쾅 소리가 나더니 태산 같은 놈이 뒷벽에 가 자빠지더니 벼락치듯 소리를 지르고 일어나려 할 즈음에 또 쾅 소리가 나면서 그놈의 배에 방망이 같은 살이 박힌다. 그놈이 소리 한 번을 지르고 기절하였다. 원래 장지항이 서울서 떠날 때에 살촉에다가 독약을 바른 고로 살이 박히며 독약이 발해서 즉각에 죽은 것이다.

처녀는 그놈을 그렇게 용이하게 죽일 것은 생각지 못하다가 그 광경을 보고는 어찌할 줄을 모른다. 장지항은 다락에서 내려와서 그놈의 주검을 끌어내다가 뒷산에 버리고 나니 때는 날이 벌써 밝았다. 처녀에게 밥을 지으라 하고, 장지항은 세수를 하고 나서 밥을 먹은 뒤에 곧 떠나려 한다. 처녀는 잡고 못 가게 하면서

"부모의 철천지원을 갚아 주시니 그 은혜를 생전 사후에 무엇으로 다 갚을지 모릅니다. 그러나 밤새도록 한잠도 못 주무시고 길을 어찌 가시겠습니까? 오늘은 편히 쉬시고 내일 떠나십시오."

"곤하기는 하지마는 내가 나라에 수유한 기한이 박두(迫頭)하기로 급히 가야 할 터이다."

"당신도 쉬실 겸 내 일도 조처해 주시고 가시옵시오. 당신이 가시고 보면 나는 어찌할 도리가 없습니다."

"네 조처까지 나더러 어찌하란 말이냐? 너는 족척(族戚) 간이나 친한 사람을 찾아서 의론할 것이다."

"우리 집에 족척이나 친한 사람이 있었으면 반년을 넘게 혼자 속을 썩였겠습니까? 이왕 죽으려던 몸이 인제 와서 살려고 하는 것은 당신 은혜를 만분의 일이라도 갚으려 하는 것입니다."

"네 말을 들은즉 그러하겠다마는 은혜란 말은 다시 할 것이 아니다. 내가 너를 어찌할 도리는 없은즉 네가 좋을 방책을 생각해서 할 것이다."

"당신께선 제 처지를 보셔서 불쌍히 여기십시오. 당신께선 저를 구처하시려 하면 어려울 것이 없을 것입니다."

"네 말을 내가 알아듣겠다마는 내가 네 원수를 갚아 주었다고 너를 내 사람으로 만드는 것은 의리 없는 놈이 할 일이다. 나는 결단코 그러한 행동은 아니할 터이니 그 생각은 말 것이다."

"당신이 이처럼 고집을 하시게 되면 저는 필경에 죽고 마는 사람이니 도리어 적원(積怨)[12]이 아니 되겠습니까?"

장지항은 그 말에 불쾌한 생각이 나서

"네가 죽든 살든 적원이 되든 적선이 되든 나는 알 것 없고, 의리 없는 일은 아니할 뿐이다."

"그럼 저더러 죽어도 모른다는 말씀이오? 너무 그러지 마시오."

장지항은 그 처녀의 행위를 더럽게만 생각해서 분한 마음에 그 말에 대답할 새도 없이 떨치고 나서서 바로 서울로 올라왔었다. 그 처녀는 장지항이 그와 같이 매몰차게 가는 것을 분히도 여기고 부끄럽게도 해서 하늘을 부르며 대성통곡하였으나 누가 있어서 만류하랴? 기운이 다하도록 마음대로 울다가 필경에는 수건으로 목을 매고 죽고 말았다.

장지항은 서울로 온 후로 날마다 잠만 들면 그 처녀가 목에 수건을 매고 와서 울면서

"당신이 무슨 까닭으로 나를 원통히 죽도록 하였소? 내 목숨을 살려 주오!"

장지항은 꿈속에서도 더럽다고 꾸짖으나 밤새도록 울며 조른다. 하루 이틀 날이 갈수록 먼저는 꿈에서만 뵈던 것이 차차로 자지 않는 때에도 그와 같이 눈앞에서 보채다가 나중에는 낮에도 잠시를 떠날 적이 없이 울며 보챈다. 장지항 혼자 눈에만 보이는 고로 처음에는 소리를 질러서 꾸짖기도 하고 욕도 해서 집안사람들이 미쳤다고 놀라서 박수[13]를 불러다가 경도 읽고 산천에 기도도 하였으나 효력은 조금도 없이 점점 심해져 장지항은 자지도 못하고 먹지도 못해서 날로 파리한 형용이 뼈만 앙상하게 되었다.

12 오랫동안 쌓인 원망.

13 박수는 남자 무당을 가리키며, 화랭이, 양중이라고도 불렸다. 무속은 대체로 여성의 영역이었으나 남자 사제 역시 존재했으며, 무속인을 지칭할 때 여자 무당을 뜻하는 '무(巫)'와 남자 무당을 뜻하는 '격(覡)'을 합쳐 '무격'이라고 부르기도 했다. 이들은 악귀를 쫓는 축귀(逐鬼)뿐 아니라 인간의 복을 비는 초복(招福), 재해를 막기를 비는 방재(防災) 등 다양한 역할을 수행했다.

장지항은 원래 여력(膂力)이 있고 기개가 절륜한 까닭으로 그리하는 중에도 조금도 겁내는 마음은 없었다. 세월이 갈수록 장지항은 성이 가서서

"내가 집에만 갑갑하게 들어 있다가는 필경은 화에 못 이겨서 살지 못할 터이니 차라리 나서서 팔도산천을 구경도 하고 마음이나 쾌활히 해 보겠다."

뜻을 정하고 나서 죽장마혜(竹杖麻鞋)[14]로 지정 없이 나섰다. 명산과 절을 찾아가기로 해서 우선 과천 관악산을 보고, 수원 용주사를 본 후에, 충청도로 공주 계룡산의 갑사, 마곡사, 근처의 부여 백마강, 낙화암을 본 뒤에 전라도로 내려가서 산속 절만 찾아다니다가 자연히 여러 날이 되었다.[15] 하루는 지리산 속으로 들어가니 높고 깊은 산 속에 작은 절 하나가 있고 중도 하나만 있다. 장지항은 오래 피곤한 몸을 그 절에서 중과 같이 있어 낮이나 밤이나 서로 마주 앉아서 이야기나 할 뿐이다. 장지항은 그 중을 보건대 자기와 같이 파리해서 둘이 앉은 것을 보면 귀신 같다. 그 중도 장지항과 같이 잘 먹지도 못하고 잠은 통히 자는 일이 없다. 장지항은 마음으로 '나와 같은 사람도 있나 보다, 이

상한 일도 많다' 하나 피차에 어찌해서 그러한지 이유는 물어본 적은 없었다. 그 절이 원래 높고 수목이 무성하므로 별로 청명한 때가 적고 항상 구름과 안개 속에 들어 있다.

하루는 일기가 청명해서 구름과 안개가 흩어졌고 청량한 기운에 정신까지도 쇄락하였다. 중은 장지항더러

"오늘 일기가 이처럼 청량하고 좋은즉 우리 뒷산에 올라가서 원근 경치나 구경해서 울적한 마음을 시원케 하십시다."

14 대지팡이와 짚신. 먼 길을 떠날 때의 간편한 차림새를 가리킨다.

15 장지항이 지나는 장소는 조선의 역사가 여럿 깃들어 있다. 예컨대 관악산은 양녕대군이 왕위를 피해 기거하며 궁궐을 바라봤다는 연주대가 있으며, 계룡산의 갑사는 임진왜란 때 영규대사가 승병을 일으킨 곳이다. 수원의 용주사는 정조가 사도세자를 기리기 위해 창건한 절이다. 소설의 배경이 영조 때이므로 장지항이 용주사를 들렀다는 것은 엄밀히 따지면 오류이겠으나, 용주사가 식민지 시기에 전국에서 규모가 큰 서른 개의 사찰 중 하나로 꼽혔다는 것을 감안하면 당시의 권위를 반영한 서술이라고 볼 수 있겠다. 그의 도착지인 지리산은 금강산, 한라산과 더불어 신선의 산으로 비유될 만큼 명산으로 손꼽혀 여러 문인들의 유람과 기록의 대상이었다.

"참 좋은 말일세. 먹을 것이나 조금 가지고 가세."

"먹을 것뿐만 아니올시다. 물이 제일 긴하지요."

"높은 산 속이라 물은 없나 보구려."

"거기서 물을 보려면 석벽 아래 푸르고 깊은 물뿐이지요."

중은 장지항을 앞서서 상상봉으로 올라가는데 그 산속에 수목이 빽빽이 들어섰을 뿐만 아니라 깎은 듯한 석벽에 발을 붙일 곳이 없다. 칡덤불과 나뭇가지를 붙들고 기다시피 간신히 올라가서 본즉, 이편은 험하여도 산이나 저편은 나무 하나 없이 깎아지른 듯한 벼랑이요, 천 장이나 만 장이나 되는 석벽 아래에는 푸른 물결이 용용(溶溶)[16]해서 내려 보기에 위험하다. 둘이 서로 바위 위에 앉아서 멀리 바라본즉 하늘 끝까지 뵈는 듯이 가슴이 시원하다. 그러하나 장지항은 어디가 어딘지를 분간치 못하므로 중은 손으로 가리키며 저기는 경상도의 어떠한 산이고 저기는 제주의 한라산이라고 일러 준다. 장지항은 그렇게 여길 뿐이었다.

어언 점심때가 된 고로 가지고 갔던 떡과 물을 먹어 가며 중은 이 절에 부처님이 어찌하셨다는 것을 또 이야기하였다. 그리하노라니 자연 중이 구경한 말도 하고 장지항은 그동안 다니며 구경한 것도 이야기하던 끝에 중은 장지항더러

"나리를 오래 모시고 본즉 잠은 통히 못 주무시고 잡수기도 많이 못 하시고 모양이 그리 수척하시니 무슨 병환으로 그러하십니까?"

장지항은 그 묻는 말에 괴탄하듯이

"나는 별 병이 아니라 공연히 생병을 장만해 가지고 이 지경이 되었다네."

중은 이상히 여기는 듯이

"생병을 장만하시다니요? 무슨 까닭으로 생병을 장만하셨단 말씀이옵니까?"

장지항은 기가 막혀 하는 듯이

"내 이야기를 좀 들어 보려나. 내가 선전관을 다녔네. 시방 상감께서 연기가 높으시고 밤이면 잠이 없으셔서 심심하신 때면 궐내 각사에 입직한 관원들을 밤마다 편전으로 불러들이셔서 이야기도 들으시고 세상 물정도 물어보시던 터일세. 하

16 흐르는 모양이 조용하고 질펀하다.

루는 내가 선전관청에서 입직을 하였는데 무예청(武藝廳)[17]이 나와서 상감께서 부르신다 하기로 같이 있던 동관 한 사람과 같이 들어갔더니, 상감께서 '너희가 아는 대로 옛날이야기나 혹 요즘 일이라도 이상한 소문이거든 들은 대로 말하라' 하시기로 나는 전에 들었던 이야기를 아뢰었었네. 같이 들어간 동관은 본래 영남 사람으로 별로 아는 이야기도 없고 또는 벼슬한 지가 오래지 아니해서 입시가 처음인 고로 황송만 한 모양인데 무엇이라 아뢸지 몰라서 아는 이야기가 없다고 아뢰었더니, 상감께옵서 '그러면 네가 지낸 것이라도 아뢰라' 하시데그려. 그 사람이 자기가 서울로 올라올 적에 지낸 이야기를 아뢰는데, '고령 땅에 와서 날은 저물고 주막은 없어서 촌가를 찾아가서 본즉 집은 크나 아무도 없기로 문에 가서 여러 번 부른즉 처녀 하나만 있어서, '길 가던 사람이 날은 저물고 주막이 없어서 좀 자고 가자' 하니까 처녀는 '여기서는 못 잘 터이니 다른 데로 가시오' 하며 못 잘 곡절을 말하기를 여차여차라 하고 '나를 불쌍히 여겨서 관부에 내 사정을 고하셔서 원수를 갚아 주시면 그 은혜를 죽어서라도 갚겠다' 하기로 '내가 그놈을 죽여서 원수를 갚아 줄 터이니 염려 말라' 하고 그놈을 기다리더니 얼마 아니해서 중놈 하나가 들어오는데 구척장신에다가 금방울 같은 눈을 굴리며 들어와 앉는 것을 보고는 정신이 아득해서 겁결에 가만히 뒤창으로 도망을 해서 서울로 왔습니다' 아뢰었더니 상감께서 몹쓸 위인이라 하시고 사직하라 하셨네. 입시를 파해서 나와 앉아 이리저리 그 일을 생각해 본즉 그 처녀가 필경에 그 중에게 욕을 당했거나 그러지 않으면 죽을 터이기로 분한 마음을 참지 못해서 그 이튿날 벼슬을 수유하고 그곳을 찾아갔더니 과연 그 사람의 말과 같이 처녀가 혼자 있어서 못 자고 간다고 거절하는 것을 간청해서 그놈을 기다려 본즉 과히 엄청나데그려. 그러나 그 사람과 같이 도망해 올 수가 있나. 내가 죽더라도 해볼 작정으로 활로 그놈을 쏘았더니 다행히 그놈이 죽기로 그 이튿날 곧 떠나려 한즉 처녀가 날 붙

17 궁궐 내부 전각과 각 문의 수비, 국왕 호위를 담당하는 군관 또는 관청.

듣고 나와 함께 살자고 하네그려. 그런 의리 없는 일을 내가 할 리가 있나. 그만 거절을 하고 왔었더니 필경은 그 애가 죽은 모양일세. 그 후로 그 애가 꿈에 뵈기 시작하며 원통히 죽었다고 살려 달라 하더니 차차로 밤낮없이 내 앞에 와서 보채며 조르는 고로 잠도 못 자고 먹지도 못해서 이 모양이 되었네. 그런 일도 있나? 나는 그것으로 해서 살 수가 없기로 팔도산천이나 구경하다가 어찌 되든지 하자고 나서서 다니는 길일세."

그 중은 듣고 나서 한탄하더니

"말씀을 들은즉 그러하겠습니다. 세상일이 고르지도 못합니다."

장지항은 또 중더러

"대사는 어찌해서 나와 같이 잠을 못 자고 먹지도 못하나?"

그 중은 한숨을 쉬면서

"소승은 소승이 지은 죄로 이 모양이랍니다."

장지항은 놀라는 듯이

"죄는 무슨 죄를 지었단 말인가? 자네나 나나 이 모양인바 말하지 못할 것 있나."

“네, 소승이 지은 죄는 다른 일이 아니올시다. 일 년이나 된 일입니다. 소승의 절에 양식이 떨어졌기로 촌가로 동냥을 나갔었습니다. 이리저리 사면으로 돌아다니며 동냥을 하다가 어느 촌에를 가서 뉘 집인지 문밖에서 양식을 좀 달라 하였더니 안에서 처녀 하나가 내다보면서 ‘양식이 없어서 못 주니 다른 데로 가 보라’고 하여요. 잠시 그 처녀를 보아도 천하에 절색이기로 별안간에 처녀를 겁간하려 하였더니 그 처녀가 참 극성이 되어서 칼을 들고 소승을 치려 하는 것을 보고 분한 김에 처녀가 가진 칼을 뺏어서 찔렀더니 즉석에서 자빠져 죽었기로, 그때에야 겁이 나서 도망을 해서 왔더니 그 후부터는 낮이나 밤이나 처녀의 귀신이 따라다니며 원수를 갚으러 왔다고 보채기를 장근(將近) 일 년이나 되어서 이 지경이 되었습니다. 지금도 소승의 앞에 있습니다. 그것이 소승의 죄가 아니고 무엇이겠습니까? 그러기로 소승은 죽을 때만 기다리고 있습니다.”

장지항은 그 말을 듣고 별안간 분이 나서

“중놈이 그런 일도 한단 말이야? 너 같은 놈은

살려 두지 못할 놈이다. 이놈, 내게 죽어 봐라!"

소리를 지르며 발길로 그놈의 앙가슴을 차서 천만 길이나 되는 낭떠러지로 떼굴떼굴 굴러 내려가며 창파 속에 펑덩 하고 떨어져서 죽었다. 장지항은 중놈이 물에 빠져 죽는 것을 보고 마음이 상쾌해서

"그놈 시원히 죽었다."

연이어 시원하다 하며 홀로 절로 내려왔다. 때는 벌써 석양 때나 되어서 밥을 지어 먹고 나서 본즉 처녀의 귀신이 보이지 아니한다. 마음으로 도리어 이상히 여겨서

"오늘은 그것이 아니 뵈니 웬일인고? 이제는 갔나 보다."

이와 같이 생각을 하며 몇 달 만에 편히 자 보려 하였었다. 그러자 처녀가 또 보이더니 전에 보지 못하던 처녀 하나도 쫓아오는 모양이 싸우며 오는 것 같다. 처음 보는 처녀가 그 처녀의 멱살을 잡고

"이년, 이 더러운 년아! 은혜 갚을 생각은 조금도 아니하고 음탕한 마음이 나서 서방을 삼으려다가 무안을 못 이겨 네 손으로 죽은 년이 도리어 은

인을 죽이려 하느냐!"

그 처녀는 독이 나서 악을 쓰며

"이년아! 네게 무슨 상관이 있어서 남의 원수를 못 갚게 훼방을 놓으려 하느냐? 너마저 죽여야겠다. 이년, 내 손에 죽어 보아라!"

달려들며 주먹으로 치려 하는데 처음 보는 처녀도 주먹을 들어서 가슴을 내지르며

"이년 보아라, 나를 친다! 네 아무리 악독해도 내게 좀 맞아 보라!"

주먹으로 대가리부터 뺨 어깨 가슴 할 것 없이 함부로 친다. 그 처녀도 서로 치면서

"이년 잘 친다. 네가 죽나 내가 죽나 해보자."

장지항은 어이가 없어서 보기만 하다가 처음 보는 처녀를 위해서 그 처녀를 죽도록 치고 싶으나, 귀신과 사람이 달라서 맞지는 아니하고 주먹만 헛나갈 뿐이다. 그와 같이 싸우기를 밤이 새도록 하므로 장지항도 조금도 자지 못하고 날이 밝았다. 처음 보는 처녀는 그 처녀의 멱살을 잡고 끌면서

"이년, 나하고 가자. 여기서는 싸워도 소용없겠다."

그 처녀는 안 가려고 앙탈을 하며

"이년 가기는 어디를 가잔 말이냐? 나는 안 갈 테다."

처음 보는 처녀는 눈을 부릅뜨고 끌면서

"염라대왕께로 가자. 거기 가서도 악착을 부리나 보자. 네가 아무리 안 가려고 앙탈을 부려도 안 될 터이다. 이년 견뎌 보아라."

주먹으로 함부로 치며 멱살을 잡아끈다. 그 처녀가 원래 처음 보는 처녀보다 연약한 와중에 맞기를 몹시 맞은 고로 기운이 시진(澌盡)해서 어디로인지 끌려간다. 장지항은 하도 괴상해서 처음 보는 처녀는 누구기로 나를 위해서 그처럼 하는고 하며 고마운 마음이 없지 아니하였다. 날이 늦어서 시장하므로 밥을 먹고 난즉 처녀의 귀신이 보이지 않는 고로 마음이 안정되어서 자연 잠이 온다. 얼마를 잤는지 소피를 하노라고 깨어 본즉 해는 져서 어두웠다. 또 밥을 먹고 나서 누웠을 때에 처음 보던 처녀가 왔다. 장지항에게 천 번이나 절을 하면서

"천만뜻밖에 철천지원을 갚아 주시니 그 은혜를 무엇으로 다 갚을지 알지 못합니다."

장지항은 그때에야 누구인지를 알려고 해서

"너는 누구기로 내가 네 원수를 갚아 주었다 하느냐?"

"네, 당신께서 미처 생각지 못하십니다. 나는 다른 사람이 아니올시다. 어제 당신이 산에서 발로 차서 죽인 중놈이 곧 나를 죽인 원수 놈이올시다."

"그러면 그년을 끌고 어디로 갔었느냐?"

"여기서는 그년과 싸워도 소용이 없기로 염왕께 끌고 가서 전후 사실을 고하였더니 염왕께서 그년을 엄히 치죄하시고 내쫓으셨으나, 혹시 또 당신께 와서 괴롭게 할까 염려해서 염왕께 고하고 이후로는 은연한 중에 당신을 보호해서 은혜의 만분의 하나라도 보답하려 합니다."

"말은 고마운 말이나 너는 원통히 죽은 터인데 좋은 곳으로 환생은 아니하고 나만 보호한다는 것은 못될 일이다."

"그리하는 것도 나의 전생에 남은 죄를 소멸하려는 것이니 그런 염려는 마시고 이후는 무슨 일이든지 당신 귀에 고할 터이니 공명이나 높이 하시고 안향태평(安享太平)[18]하십시오. 나는 이후로는 당신께 형용은 보이지 아니할 터이올시다."

"대단히 감사한 말이다. 그러나 너는 어디서 살았으며 성명은 무엇이냐?"

"물으시는 의향도 짐작하겠습니다마는 주소와 성명은 아실 것 없습니다. 다만 이 절 중놈이 죽인 여자로만 알아 두십시오."

처녀는 말을 하고 나서 절을 하고 갔다. 그 후로는 앞에 와서 보이는 일은 없었다. 장지항은 즉시 서울로 올라왔다. 그 처녀의 귀신이 보채던 괴로움이 없어졌으므로 자연 잠도 잘 자고 먹는 것도 충분히 하므로 만사가 편안해서 수척한 얼굴도 상당히 풍부하였고 정신도 회복이 되어서 전과 같이 쾌활하였다. 다시 복직을 해서 얼마 아니해서 첫 원(員, 사또)을 하고 또 영장(營將), 변지방어사(邊地防禦使), 수군절도사, 병마절도사 이력을 한 연후에 각 영(營) 중군(中軍), 금군별장(禁軍別將)을 지내고 나서 우변 포도대장[19]을 하였었다. 그때에 각처에 도적이 밤마다 나지 않는 날이 없으므로 장 대장은 도적 잡기에 주의해서 영리하고 효용한 사람을 뽑아서 포도군관(捕盜軍官)을 시키고 방방곡곡으로 수색을 해서 날마다 몇십 명 도적을 잡는 고로 오래지 아니해서 서울서는 도적의 폐단이 없게 되었다. 그것은 포도군관의 능력으로 그리된 것이 아니요, 오로지 장 대장의 지휘 명령을 받아서 한 것이다. 그러하므로 세상 사람들이 이르기를 '처녀의 귀신이 일마다 장 대장의 귀에다 이르는 고로 눈만 뜨고 보면 도적이고 아닌 것을 안다'라고 하였다. 그와 같이 영망(令望)이 높으므로 그가 살던 동리 이름을 '장대장골'[20]이라고 하였다.

18 하늘의 복을 누려 크게 평안하다.

19 범죄자를 체포하고 심문하는 포도청(捕盜廳)의 으뜸 벼슬이다. 서울을 좌우로 나눠 각각 관리하는 좌우 포도청이 있었고, 포도대장 역시 좌변과 우변으로 나뉘었다. 정조실록 12년(1788) 5월 5일 기사에 따르면 포도대장의 자격 요건으로는 왕의 친병을 통솔하는 금군별장(禁軍別將)을 거쳐야 하고, 금군별장이 되기 위해서는 수도와 궁궐을 경비하는 훈련도감(訓鍊都監)에서 대장을 보좌하며 실무를 담당하는 중군(中軍)을 지내야 했다.

20 장대장골 혹은 장대장동(張大將洞)이라는 이름은 장지항이 아닌 장붕익 때에 내려졌다. 영조가 사돈인 홍봉한에게 무숙공 장붕익이 사는 곳을 묻자 홍봉한이 '사람들이 이항복을 오성대감이라 부르듯 무숙공은 장 대장이라 부른다'고 답했고, 이에 영조가 포도청 맞은편에 장붕익이 살던 곳을 장대장동이라고 부르도록 명했다고 한다. 장대장동은 1910년대에 지금의 종로구 돈의동으로 편입되었다.

장 대장의 유명한 사적을 이야기하기 위해 두어 마디 설명을 하려 한다.

하루는 장 대장이 출입하는 길에 어느 동네를 지나다가 여자가 슬피 우는 소리를 들었다. 장 대장은 따라다니는 포도군관을 불러서

“너는 저 우는 여자의 집을 찾아가서 우는 여자를 잡아다가 사관청(仕官廳)[21]에 구류하였다가 내가 돌아오거든 취조하게 하라.”

포도군관은 장령을 듣고 우는 여자의 집을 찾아가서 본즉 어젯밤에 그 여자의 남편 되는 사람이 죽어서 그와 같이 슬프게 우는 것이다. 포도군관은 불문곡직하고 그 여자를 잡아다가 가두어 두었었다. 장 대장이 집으로 돌아온 뒤에 포도군관은 고과를 한다.

“소인이 장령을 받잡고 가서 울던 계집을 잡아다가 가두었기로 아뢰옵니다.”

“당장 잡아들여서 취조케 해라.”

포도군관은 대답을 하고 나가더니 여자 하나를 잡아다가 섬돌 아래 꿇려 앉혔다. 장 대장은 내려다본즉 나이 스물네댓 살가량 된 여자가 머리를

풀어서 산발한 것을 그대로 뭉쳐 매고 의복은 예사로 입은 것이 외모는 수수해서 밉지 않다. 장 대장은 묻는다.

"여보아라, 너는 무슨 일로 울었느냐?"

그 여자는 겁내는 모양 없이

"내외가 살다가 남편이 죽어서 울었습니다."

"둘이 살다가 하나가 죽었는즉 처량한 일이다. 그래, 무슨 병으로 죽었는가?"

"아는 일도 없이 어젯밤에 자다가 별안간에 뱃속에서 무엇이 치민다고 뛰면서 곤두박질을 치더니 한참 만에 기운이 통하지 않아 애를 쓰다가 끝내 죽었으니, 그리 지극히도 원통한 일이 또 있습니까?"

말을 하고 나서 손으로 눈을 가리고 훌쩍훌쩍 울고 있다. 장 대장은 다시 묻기를

"이전에도 그와 같이 앓아 본 일이 있었느냐?"

"전에는 그런 일이 없었습니다."

21 포도군관이 포도대장의 사가(私家) 근처에 머물며 공무를 보는 곳.

"약도 못 써 봤나?"

"혼자서 급한 중에 어찌할 줄을 몰라서 약 한 첩도 못 먹였습니다. 그러니까 더 원통치 아니하겠습니까?"

장 대장은 별안간에 영창문(映窓門)[22]을 벼락치듯 열어붙이며 눈을 부릅뜨고

"이년, 네 죄상은 네가 알 터이니 바로 아뢰어라, 매를 맞기 전에!"

그 여자는 당돌히

"저는 아무 죄도 없습니다."

"정녕 죄가 없을까, 내가 알고 묻는데?"

"죽을지언정 죄는 없습니다."

장 대장은 포도군관을 불러서

"너는 즉금(卽今)으로 저년의 집에 가서 죽은 송장을 가져다가 대령하렷다."

포도군관은 장령에 대답하여 갔고 그 여자는 계하에 꿇려 두어서 회보 오길 기다렸다. 번개같이 가던 포도군관은 죽은 송장을 잡아다가 뜰에 대령하였다. 장 대장은 또 포도군관으로 검시를 하라 하였다. 포도군관은 송장의 옷을 벗기고 고루

고루 살펴보니 조금도 흔적은 없다. 얼굴을 보든지 전신을 살펴도 병들어 죽은 것과 같은 모양이요, 독약을 먹고 죽은 것 같이 살빛이 변한 것도 없다. 그러므로 검시하던 포도군관이나, 좌우에 서서 구경하던 사람들도 무죄한 사람을 애꿎게 저리 하는가 의심까지도 나게 되었다. 장 대장은 다시 포도군관을 부르더니

"너는 저 송장을 반듯이 뉘어 놓고 배꼽 주위를 두 손으로 돌아가며 눌러 봐라. 배꼽에서 나올 것이 있을 것이다."

그 말에 여자는 얼굴빛이 변한 것 같다. 포도군관은 장령대로 송장의 배꼽 가를 손으로 눌러 보았다. 말총 같은 것이 솟아 올라온다. 그것이 한두 개도 아니고 여러 개다. 뽑아 내어 본즉 다른 것이 아니라 고슴도치의 털이다. 장 대장은 호령을 한다.

"이년, 인제도 죄가 없다고 할까!"

여자는 그제야 실토를 한다.

22 방을 밝게 하기 위해 방과 마루 사이에 낸 두 쪽의 미닫이.

"죽을 죄를 지었사오니 사또 처분만 바라겠습니다."

"어찌해서 죽였는지 자세히 아뢰어라."

"서방 되는 것이 매일 술이나 먹고 들어오면 죄없이 때리기를 예사로 하고 살림이란 것은 아는 체하는 일도 없어서 한 달이면 밥 못 짓는 날이 스무 날이나 되오나 제 신세만 한탄하옵고 지냈습니다. 근래에 이러이러한 사람이 불쌍하다고 혹 돈도 주고 쌀도 주기로 고마운 마음이 항상 있던 차에, 하루는 와서 말하기를 '저 고생을 하며 사느니 그보다 나와 같이 사는 것이 어떠하냐' 하옵기로 약한 마음에 허락을 하고는 서방 되는 자더러 '이리하고는 살 수 없으니 나는 아무 데로라도 가겠다' 말했더니 불쌍히 여기는 마음은 조금도 없이 서방을 버리고 가려 한다고 밤새도록 때려서, 닷새나 앓고 누웠어도 물 한 모금 먹어 보라는 말이 없기로 설움이 북받쳐서 몇 날을 두고 울기만 했습니다. 나중에는 악독한 생각을 먹고 제가 죽어서 그 고생을 면해 볼까 하다가 다시 생각한즉 아무 죄 없이 죽는 것이 원통하기로 독한 생각이 서방을 죽이고 편히 살아 보리라 해서 그런 짓을 하였사오니 사또께서 죽여 주옵시오."

"그러면 너에게 돈 주는 사람과는 연관이 몇 번이나 있었느냐?"

"한 번이라도 연관된 일이 없었습니다."

"그러면 그 사람과 네 서방 죽이기를 의논을 하고 한 것이지?"

"그런 일도 없었습니다. 그 사람은 서방이 죽은 것을 알지 못할 것입니다."

"그 사람은 알지 못하였다고 하고 죄를 너 혼자 당하려는 것은 아니냐?"

"그런 생각은 조금도 없었습니다. 그 사람을 못 본 지가 반달이나 되었습니다. 에, 그 사람이 장사를 하러 외방에 가고 편지한 것만 보았습니다. 사또께옵서 제 몸 상처를 보시면 서방 놈이 한 일은 통촉하실 것입니다."

옷을 활활 벗고 보여 준다. 장 대장과 여러 사람이 본즉 그 여자의 전신이 성한 곳이 없이 피딱지뿐이요, 곳곳마다 푸른 멍이다. 장 대장은 그것을 볼 뿐만 아니라 그 여자의 사람됨이 유순한 것을 알았고, 또 돈을 주었다는 사람이 그 일에 간섭이 없는 것을 벌써 알고 있던 터이다. 그러나 사람 죽인 중한 죄인을 심상히 처단하는 법은 없는 고로 초사(招辭)[23]를 대강 적어서 상사에 보고하고 사사로이 형조판서를 찾아가 그 여자의 사실을 명백히 이야기했다. 형조에서도 얼마쯤 관전(寬典)[24]을 써서 상주(上奏)[25]하였으므로 상감께서도 감동을 하셔서 죽이는 것은 면하고 옥에 갇혀 있다가 차차 사면을 입고 나왔다 한다.

23 죄인의 범죄 사실을 기술한 글.

24 관대한 은전(恩典), 즉 죄수를 사면하는 등 은혜를 베풀다. 여기서는 관대하게 법률을 시행했음을 의미한다.

25 임금에게 말씀을 올리다.

장 대장이 몇 해 동안 포도대장으로 있을 때에 경성 안에 도적이란 도적은 모두 일망타진을 하고 말았으나 오직 일지매라 하는 도적은 잡지 못하였다고 한다. 그 도적의 일을 전하는 바로 말할 양이면, 일지매라는 도적은 누구나 다 알듯이 유명하던 도적이지마는 거주도 모르고 성명도 아는 이가 없이 다만 일지매로만 전해 온 터이다. 어찌하여서 유명하다는 도적인고 하니, 일지매는 처자 친속도 없는 단신으로 날마다 도적질 안 한 날이 없고 부자의 집이고서는 일지매에게 도둑맞지 않은 집이 없었다. 어찌해서 일지매에게 도둑맞은 것을 아느냐 하면 다른 까닭이 아니라 일지매가 뉘 집이든지 들어가서 물건을 도적해 가지고 나올 때에는 번번이 매화 한 가지를 그리고 일지매가 도적해 간 것을 표시하므로,[26] 일지매가 다녀간 것을 분명히 아는 것이다. 일지매가 날마다 도적질을 해다가 무엇을 하느냐 하면 다른 것이 아니다. 산 밑 궁벽한 곳과 가난한 사람들이 모여 사는 곳을 찾아다니면서 뉘 집에서는 밥을 몇 때나 못 하였으며 뉘 집에서는 초상이 나도 장사를 못 지냈고 뉘 집에서는 해산을 하고도 찬 방에 있다는 것을 낱낱이 알아 가지고 있다가 밤에 뉘 집에든지 가서 도적질을 해 가지고 나와서는, 자기가 알아본 대로 등분을 해서 각 집 주인도 모르게 갖다 주고 나올 적에 역시 매화 한 가지를 그리고 오는 것이 전례이다. 오늘도 그러고 내일도 그리해서 도적질 아니한 날이 없었고 가난한 집 구제하지 않은 때가 없기로 소문이 나기를 '의적 일지매'라고 하였다. 그의 도적질하는 법이 어찌나 기묘하든지, 눈 온 뒤 포교(捕校)[27]가 그물을 늘이고 지키는 곳이라도 들어가서 도적해 오기를 용이하게 하건마는 지키고 있던 포교는 알지도 못하게 하였다. 그러나 어느 때에는 우연히 포교에게 잡혀서 포도청에다 가두었으나, 일지매라고는 알지 못하였다. 일지매가 밤에 옥 지키는 옥졸을 불러서

26 '한 가지의 매화'라는 뜻인 '일지매(一枝梅)'로 불리는 이유도 이 때문이다. 일지매 이야기를 전승하는 문헌에 따라서는 '먹으로 매화를 그리고 가는 도둑'이라는 뜻인 '묵매도(墨梅盜)'로 소개되기도 한다.

27 포도군관의 다른 이름.

"내가 당신을 본즉 댁에 식구가 얼마나 되는지는 알지 못하오마는 늙어서 옥졸 일로만 먹고살려면 어찌하려고 하시오?"

옥졸은 그 말을 이상히 여겨서

"내 사실은 그러하지마는 너는 무슨 의사로 그런 말을 하느냐?"

"내 말씀 들으시면 당신께 좋을 도리가 있을 터이니 어찌하시려오?"

"좋을 도리만 있으면 하다뿐이냐?"

"나를 잠시 동안만 놓아 주면 당신이 평생 지낼 것을 줄 터이오."

"달아나면 나는 어찌하라고?"

"내가 비록 도적놈이오마는 당신 같은 늙은이를 속여서 죽을 지경에 넣고 달아날 의리 없는 놈은 아닌즉 그것은 염려 마시오."

"정녕 다녀올 터이냐?"

"오다 마다요. 절대 실신(失信)치 아니하지요."

옥졸이 생각해 본즉 '만약 평생을 먹고살 것만 얻고 보면 설혹 저놈이 도망한 죄를 내가 당할지라도 죽이지는 아니할 것이요, 죄를 당한들 얼마나

고생을 하겠느냐' 하고

"그러면 내가 평생 살 것이 어디 있니?"

"내가 가르쳐 줄 것이니 지금이라도 가서 보오. 큰 광교[28] 밑 몇 번째 기둥 밑에다가 묻어 둔 것이 있으니 가서 파 보시오."

옥졸은 그 말대로 광교 다리 밑을 파고 본즉 과연 금은보화가 가득 묻혀 있다. 한 짐을 지고 와서 즉시 옥문을 열고 일지매를 풀어 주면서

"실신치 말고 곧 오너라."

"염려 마시오, 곧 오리다."

일지매는 그 길로 곧장 대장 집으로 가서 본즉 장 대장은 첩과 같이 한자리에서 잔다. 일지매는 발가벗고 둘이 누워 자는 사이로 들어가서 이리 밀고 저리 밀어서 깔고 자던 요를 걷어서 들보에 매달고 매화 한 가지를 그린 뒤에 다시 포도청으로 와서 갇혀 있었다. 장 대장은 일지매를 잡아 가둔

28 광통교(廣通橋)라고도 하며, 지금의 남대문로가 종로와 만나는 길목의 청계천 위에 놓인 다리를 가리킨다. 이보다 남쪽인 을지로 부근에 있었던 '소광통교'와 구별하여 '큰 광교', 즉 '대광통교'라고도 불렀다.

줄로 알았더니 밤에 일지매가 들어와서 첩과 자는 요를 걷어서 달고 간 것을 보고는 가둔 것이 일지매가 아니라 해서 놓아 버렸었다.

일지매는 포도청에서 나온 후에 즉시 장 대장의 집으로 가서 그를 보고

"사또께서 잡으려 하시는 도적 일지매가 소인이올시다. 오늘 와서 문안하옵는 것은 다름이 아니라 사또께서 소인을 기어코 잡으려 하시는 의향을 알려고 왔습니다."

장 대장은 뜻밖에 일지매라는 이름을 듣고 도리어 어이없어서

"너는 네가 하는 일을 몰라서 나더러 잡으려는 뜻을 묻느냐?"

"소인을 도적놈이라 하셔서 잡으시려는 것이지요마는 도적놈도 다 각각 종류가 다릅니다."

"도적놈이면 일체 도적놈이지 다른 것이 무엇이란 말이냐?"

"도적놈이란 것은 주색잡기에 쫓기어서도 도적질을 하옵고 또는 기갈(飢渴)에 견디다 못해서 도적질하는 놈도 있습니다. 그놈들은 진정으로 남

의 재물을 도적해다가 주색잡기에도 소비하고 기갈도 면하지요마는, 소인은 도적질을 할 망정 그런 짓은 하는 일이 없삽고 오직 곤궁한 백성들을 구제할 뿐입니다. 고리대금을 해서 모은 부자라든지, 소작인의 고혈을 긁어서 욕심을 채운 사람이든지, 수령 방백으로서 잔학하게 불법으로 모은 재산가라는 사람들이 누구 하나 구제한다는 이야기를 들으셨습니까? 소인은 본래 처자 권속도 없는 홀몸이올시다. 어찌해서 불행히 도적질하기를 시작하였습니다마는 남의 재물을 도적해다가 제가 소비하는 것은 당연히 죽일 놈으로 생각이 들었습니다. 그러기로 차라리 곤궁한 백성을 구제하는 것이 옳은 것으로 마음을 결정하고 불법 잔혹으로 모은 재산가의 재물을 도적질하지 않는 날 없이 하다가 궁항벽촌(窮巷僻村)에서 굶고 주리는 사람들에게 주인도 알지 못하게 갖다 주기를 어젯밤까지 하였습니다. 도적과 다름없이 모은 놈의 재물을 빼앗아다가 죽게 된 사람을 구제하는 것을 무슨 죄라 하시고 잡으려 하십니까? 소인은 지금까지도 도적질을 합니다마는 필경에 그 행실을 고칠 때가 있을 터이오니 사또께서는 깊이 통촉하셔서 처분하여 주옵시오.”

장 대장도 그 말을 듣고 생각해 본즉 용서하는 것도 무방할 듯해서

“그러면 너를 용서할 터이니 아무쪼록 속히 행실을 고치도록 하라.”

장 대장이 일지매를 용서한 후로 그 집에를 빈삭히 출입하였다. 장 대장은 일지매의 도적질하는 법이 하도 기묘하다 여기므로 한 번 시험하기 위해서 일지매더러

“네가 도적질을 기묘하게 한다 하니 내 앞에 있는 물건을 집어 가겠느냐?”

“네, 어렵지 않습니다.”

장 대장은 칼 하나를 칼집에 꽂아서 맞은편 벽에 걸어 두고 일지매에게 집어 가라고 하였다. 여러 날이 지나도록 그 칼은 여전히 걸려 있다. 장 대장은 일지매더러

“너더러 저 칼을 집어 가란 지가 여러 날이 되었는데 지금까지 있으니 네가 도적질을 기묘히 한다고 해도 내 앞에 있는 것은 못 집어 가는 것이다.”

일지매는 웃으며

"소인이 집어 간 지가 오래입니다. 그저 가져갔을 리가 있습니까? 저것을 가져다 보시면 아실 것입니다."

장 대장이 그 칼을 가져오라고 해서 본즉 과연 칼이 아니라 나무로 그 칼과 똑같이 만든 것이다. 일지매가 칼을 집어 갈 때에 대신 걸고 간 것이다.

일지매가 하루는 도적질을 하려고 다방골[29] 어느 부자네 첩의 집을 들어가서 본즉 사랑에 사람 하나가 자지 않고 있으므로 지붕 위에서 그 사람이 자기를 기다리고 있었다. 한참 있다 그 사람이 나오더니 순행을 한 후에 안방 창밖에 있는 술을 먹고 돌아와서는 문을 닫고 자려는 모양이다. 일지매는 그 사람이 잠들기만 기다리고 있었다. 오래지 않아서 그 사람이 또 나와서 사랑문 앞까지 나왔다가 도로 들어가서 자려는 모양이러니, 한참 만

29 지금의 중구 다동이고, 식민지 시기에는 다옥정(茶屋町)이라고 불렸다. 상인들의 주요 거주지였으며 부자들이 사는 동네로 유명했다.

에 또 나와서 안마당까지 들어가다가 도로 돌아와서 한동안 지체하는데, 다시 나와서 안방 창문 앞까지 갔다가 무슨 생각을 하는 듯하더니 도로 사랑으로 돌아와서 문을 모두 걸고 자물쇠를 안으로 잠그고 열쇠는 창틈으로 내던져 버리고 자는 모양이다. 일지매는 그 사람의 하는 행동이 하도 이상해서 도적질은 그만두고 그 사람에게 어찌 된 이유를 물어 보겠다 생각을 하고 지붕 위에서 내려와서 문을 흔들며 그 사람을 불렀다. 그 사람은 부르는 소리에 놀라면서

"이 밤중에 누가 남의 집에 들어와서 부르시오?"

"네, 나는 도적질하러 다니는 사람이오. 문 좀 열어 주시오."

"문을 안으로 잠그고 열쇠를 바깥으로 내버렸으므로 열 수가 없소."

"그러면 열쇠는 들여보낼 터이니 여시오."

일지매는 열쇠를 문틈으로 들여보냈다. 그 사람은 문을 열고 나오면서

"나를 왜 불렀소?"

"물어볼 말이 있소. 내가 지붕 위에서 본즉 당신이 세 번이나 안에를 들어가려다가 나와서 문을 안으로 잠그고 열쇠를 문틈으로 내버리는 것을 보며 무슨 일로 그리하는지 이상해서 물어보는 것이니, 이유를 알려 주시오."

"그러하겠소, 내 이야기를 들으시오. 이 집은 나와 절친한 친구의 소가이오. 주인 되는 친구가 외방에 가면서 나더러 이 집에서 숙직을 해 달라는 부탁을 듣고 와서 자며 매일 밤이면 순경을 돌던 터이오. 오늘도 순경을 돌고 나오는 길에 안에서 의례히 술상을 창밖에 차려 두는 고로, 그것을 먹으러 가서 방 안 평상에서 자는 안주인을 달빛에 발 틈으로 본즉 욕심이 별안간 일어나는 것을 억지로 참고 돌아와서 자려고 하나, 욕심을 걷잡지 못해서 다시 사랑문 앞까지 나왔다가 생각하기를 '친구의 부탁을 받고 이러한 불의의 마음을 품는 것은 사람의 도리가 아니다' 하고 도로 돌아왔더니, 그 마음은 적은 듯 없어지고 욕심이 불같이 나기로 또 안마당까지 들어갔다가 다시 내 마음을 꾸짖고 도로 돌아왔으나, 욕심에 의리는 무엇이냐 하고 또 들어가기는 하였으나 창문 앞까지 가서는 이러한 부도덕한 놈의 행실이 어디 있으랴 하고 도로 돌아와 그 욕심을 억제하기 위해 문을 안으로 잠그고 열쇠를 창틈으로 내버린 것이오.”

일지매가 그 말을 듣고 나서 생각한즉 ‘어떠한 사람은 마음이 정직하고 인선(仁善)하기가 저러하고 어떠한 놈은 마음이 불량해서 남의 재물을 도적질을 하는고? 내가 아무리 가난한 사람을 구제한다고 하나 마음인즉 불량하기로 도적놈은 일반일 것이다. 오늘 저 사람의 어진 행실을 본받고 불량한 행실을 고치지 아니하면 그 죄악에 죄악을 더하는 것과 같다’ 결심을 한 뒤에 그 사람에게 절을 하며

“나는 도적으로 유명한 일지매올시다. 당신의 높으신 행검(行檢)을 본받고자 이왕의 불량하던 마음을 당장에 스스로 꾸짖고 고쳤사오니 차후로 착하고 어진 길로 인도하시기를 바랍니다.”

그 사람은 일지매를 붙들어 앉히며

“성인도 허물을 고치는 것이 귀하다 하셨으니 낸들 그대가 개심수덕(改心修德)[30]하는 것을 사랑하지 아니할 리가 있겠소? 이제로부터 우리 두 사람

이 형제의 의를 맺고 서로 착한 길로 권하도록 합시다."

그 후로 일지매는 그 사람과 같이 그 집에 있었다. 오래지 않아 집주인이 들어와서 그 사람에게 오랫동안 숙직하노라고 수고한 것을 치사하고 일지매를 가리키며 누구냐고 물었다. 그 사람은 전후 사실을 낱낱이 이야기하고 형제로 맺고 같이 있는 뜻을 말하였다. 주인도 역시 정대하고 현명한 사람이라, 먼저는 그 사람이 정직한 것을 치사하고 뒤에는 일지매를 칭송하며

"내가 두 분 같은 사람을 찬조(贊助)하지 않는다면 개돼지나 다름없는 위인이 아니겠소? 이후로는 우리 세 사람이 같이 지내게 합시다."

즉시 동네 집 두 채를 사고 가산을 장만한 후에 가속을 장가들여 평생을 같이 지냈다고 한다.

30 잘못된 마음을 바르게 고쳐 덕을 닦다.

해설

경계를 뛰어넘는 조선의 불온한 주체들

장지훈

1. 변주와 갱신의 일지매

일지매는 홍길동이나 임꺽정과 더불어 오늘날의 독자들에게 친근한 도둑 캐릭터 중 하나이다. 만화나 아동 문고, 드라마 등을 통해 재물을 훔친 집에 매화 한 가지를 그리거나 남기고 떠나는 밤손님의 인상이 우리에게 강렬히 남아 있으리라. 보통의 도둑은 제 신분을 숨기기에 바쁘련만, 범행 현장에 자기가 다녀갔다고 밝히는 대범함 자체만으로도 일지매는 충분히 개성적이다. 그의 표식은 '잡을 테면 잡아 보라'는 자신감의 기호이지만 동시에 이 범죄는 누구도 아닌 일지매 자신이 벌였다고 명시함으로써 무고한 이에게 죄를 씌우지 않으려는 배려의 의미이기도 하다. 그의 의로움은 여기에서 그치지 않는다. 언제나 백성을 착취하여 부정하게 축재한 이만 노린다는 것, 그렇게 훔친 재물은 자신이 갖는 것 하나 없이 모두 가난한 자에게 분배한다는 것은 일지매가 엄연한 범죄자임에도 대중의 환영을 받는 이유이다. 그의 이름 앞에 붙는 '의로운 도적(義盜)'이라는 수식어는, 부조리한 사회에 호쾌한 한 방을 날리는 일지매를 향한 찬사이다.

1929년 대성서림에서 출간된『포도대장 장지항과 의도 일지매 실긔』(이하『장지항과 일지매』)는 일지매에 대한 대중의 관심이 어제오늘 일이 아니었음을 가늠케 한다. 식민지 시기에도 일지매 이야기는 꾸준히 유통되었다. 1928년 신구서림에서 발행한『십삼도재담집(十三道才談集)』은 전국의 만담가가 한자리에 모여 주고받는 재담을 싣는데, 첫 번째 재담꾼이 풀어놓는 것이 일지매 이야기이다. 이 재담꾼은 일지매가 "불의한 재물을 빼앗아 불쌍한 빈민을" 도왔다는 이야기는 "너무 지루하여" 차치하고, 대신 일지매가 어렸을 때 아버지의 도당에 들어가 우두머리 노릇을 하고 부잣집의 금독을 훔친 발칙한 이야기를 전한다. 그보다 더 이전인 1916년, 장지연이 〈매일신보〉에 연재한『일사유사(逸士遺事)』108회에도 일지매 이야기가 실려 있다. 재능 있는 중인과 하층민의 일화를 담은 『일사유사』 속 일지매는 수감된 때 자신의 도당 일원과 옷을 바꿔 입고 감옥을 빠져나와서 장지항의 집에 있는 온갖 가구를 털어 간다. 이처럼 일지매 이야기는 『장지항과 일지매』의 것과 닮기도 하고 다르기도 한 모습으로 이미 그 이전부터 여러 차례 각색되어 전해지고 있었다.

그렇다면 일지매 이야기는 언제부터 전승됐을까? 현재 발견되는 최초의 기록은 17세기 초반, 명나라 말로 거슬러 올라간다. 명 말기 문인 능몽초의 소설집 『이각박안경기(二刻拍案驚奇)』(1632)에 실린 「신비로운 도둑은 흥에 넘쳐 매화 한 가지를 남기고, 협객 같은 도적은 삼매경에 빠져 곧잘 장난을 치네(神偸寄興一枝梅 俠盜慣行三昧戲)」라는 긴 제목의 소설이 그것이다.[1] 이 소설에는 본명을 모르지만 '나룡(懶龍)'이라고 불리는 자가 도둑질을 한 후면 검은 벽엔 흰 매화를, 흰 벽엔 검은 매화를 그려서 '일지매'라고도 일컬어진다고 소개하며 그에 관한 여러 에피소드를 나열한다. 예컨대 가난한 집에 잘못 침입했다가 빚에 쪼들리는 부부를 위해

부잣집의 금을 훔쳐다 주기도 하고, 술집 주인이나 치안 담당 관리와의 내기로 술병이나 앵무새를 훔쳐서 재주를 입증하는 등 일지매는 의롭고 재치 넘치는 모습으로 그려진다.

일지매 이야기는 『환희원가(歡喜冤家)』(1640)라는 화본 소설에 다시 등장한다.[2] 『환희원가』에 실린 「일지매가 부부의 연을 맺어줄 계획을 꾸미다(一枝梅空設鴛鴦計)」라는 짧은 이야기에서는 '나룡'이라는 이름은 빠지고 아예 '일지매'로만 나오는데, 『이각박안경기』에 있던 술집 주인과의 내기 에피소드를 취하기도 하고, 계모에게 박대받던 여성을 구출해 어느 부잣집에 맡기는 새로운 서사가 들어오기도 한다. 도둑질에 능란하면서도 불우한 자를 도울 줄 아는 정의로운 일지매는 얼마 되지 않

1 『이각박안경기』가 일지매가 등장하는 가장 이른 기록임을 밝힌 것은 최용철, 「의적 일지매 고사의 연원과 전파」, 『중국어문논총』 제30집, 중국어문연구회, 2006에서이다.

2 『환희원가』에 실린 일지매 이야기를 소개한 연구는 서신혜, 「일지매 이야기의 연원과 전승 양상」 『어문연구』 제32권 제3호, 한국어문교육연구회, 2004이다.

아 조선으로도 전파된다. 19세기 초에 조수삼이 직접 보고 들은 기인 열전 『추재기이(秋齋紀異)』를 비롯해 여러 문인의 문집에 거론된 것을 통해 일지매가 뭇사람의 인기를 얻었음을 확인할 수 있다. 이미 화원 김덕성이 사도세자의 명을 받아 삽화 작업을 한 『중국소설회모본(中國小說繪模本)』(1762)에도 벽에 매화를 그리는 남자의 그림이 확인되는 것으로 보아, 일지매 이야기가 조선에 유입된 것은 더 일렀으리라 추측할 수 있다. 독특한 것은 일지매가 조선에 전승되는 과정에서 중국에 연원을 두고 있다는 사실은 잊힌다는 점이다. 대중들 사이에서 일지매는 타국이 아닌 바로 이곳, 조선 어딘가를 활보하고 있을, 얼굴 없는 도둑으로 상상되며 로컬화된 캐릭터로 자리 잡는다.

한편 『이각박안경기』에서는 일지매의 행적을 다루기 전에 그 서문 격으로 송나라 임안에서 활동했다는 '아래야' 도적 이야기도 함께 소개한다. 일지매가 자신의 표식으로 매화를 그리듯, 아래야도 도둑질한 집 벽에 '내가 왔다(我來也)'고 적어 둬서 붙은 별명이다. 이 이야기에서 아래야는 구속됐을 당시 옥졸을 꾀어 야밤에 잠시 풀어 달라고 부탁한 후, 여러 집에서 재물을 털고 다시 돌아와 사또를 감쪽같이 속인다. 이 일화는 조선의 화원 장한종이 1812년에 엮은 이야기책 『어수신화(禦睡新話)』에도 보이는데, 여기서는 감옥을 빠져나온 아래야가 한층 더 대담하게 포도대장과 그 아내가 깔고 누운 이불을 빼내어 이불에 '내가 왔다'고 적었다고 한다. 『장지항과 일지매』에서 일지매가 장지항을 골려 준 수법과 똑같지 않은가? 이와 같이 일지매 이야기는 기존 서사를 변형하고 주변의 이야기를 흡수하는 방식으로 성장과 갱신을 거듭한다. 『장지항과 일지매』는 일지매 이야기가 축적되고 변주되는 과정의 한 단면이다.

2. '아랫자리'의 세계: 장지항의 시선 너머

뛰어난 도둑에겐 그에게 걸맞은 맞수가 필요한 법. 일지매의 라이벌로 짝지어진 대상은 포도청의 총책임자 포도대장이다. 포도청은 치안 유지와 범죄 단속을 담당하는 수도의 관청으로, 지금으로 따지면 경찰청에 해당한다. 포도청에서 범죄자를 검거해 자백을 받아 낸 후 자복한 죄인을 형조나 의금부로 이관하여 판결을 받도록 하는데, "범죄의 초기 수사를 진행하면서 사건의 경중을 결정"한다는 점에서 "형사 절차상 중요한 사법적 위상을 점하고 있었다."[3] 포도대장은 군영의 대장직을 겸하는 경우도 적잖았기에 막강한 군사력의 소유자이기도 했다. 요컨대 뛰는 포도대장 위에 나는 일지매의 구도가 대중들에게 더욱 긴장감 있게 받아들여질 수 있었던 것은, 포도대장이 강력한 치안권과 군권으로 수도를 장악하고 있는 '만만찮은 상대'이기 때문이다.

일지매의 적수로 장지항이 붙기 시작한 것은 『일사유사』부터로, 조선판 일지매 이야기의 역사에서는 상대적으로 뒤선다. 이전까지 일지매의 라이벌이 누구였는지는 19세기 문인 홍길주의 단상집 『수여연필(睡餘演筆)』에서 확인할 수 있다.

(…) 또 큰 도둑 중에서 일지매라는 자를 두

고 혹자는 정익공 이완이 포도대장으로 있을 때 사람이라고 하고, 혹자는 장붕익 때 사람이라고도 한다. 허나 나중에 보니 『환희원가』에 일지매 이야기가 있었다.

송시열과 함께 북벌 추진에 힘쓴 것으로 유명한 이완은 효·현종 때 포도대장을 역임하며 두 임금의 신임을 얻은 인물이다. 장붕익은 장지항의 조부로, 조선의 조직 폭력배인 검계를 소탕한 것으로 포도대장의 소임을 다했다. 장붕익의 소탕 작전이 얼마나 공격적이었는가 하면, 검계의 일원이었으며 장붕익으로부터 도망 다니다가 늙어 버린 '표철주'라는 자가 '내가 죽지 않는 건 저승에 있을 장붕익을 만나기 싫어서'라고 말했을 정도였다. 즉 희대의 절도범이자 지명 수배자인 일지매를 붙잡기 위해선 그저 그런 사람으론 부족했다. 무관으로서의 충직함과 용맹함, 서슬 퍼런 카리스마까지

3 차인배, 「조선후기 포도청의 사법적 위상과 활동 변화」, 『역사민속학』 제58호, 한국역사민속학회, 2020, 27면.

두루 겸비한 '잘나가는' 포도대장만이 이야기에 소환될 자격을 갖춘 것이다. 『장지항과 일지매』에서 장지항이 구척장신의 파계승을 화살 한 방에 처단하는 장면은 그의 "여력과 효용"이 남달랐음을 입증하기에 충분하다.

소설에도 간략히 소개됐다시피 장지항은 뛰어난 기질을 바탕으로 전라좌도수군절도사부터 시작해 말년에는 형조판서에까지 올랐으며, 영·정조대에 걸쳐 포도대장을 지냈다. 실록에서 장지항은 종종 성질이 사납고 교만하다고 평가되며 주변 관리의 빈축을 산 듯하나, 서사 속에서 그려지는 그는 꽤나 호탕하고 시원시원한 쪽에 가깝다. 동료 선전관의 말을 듣고 곧바로 고령으로 내려간다든지, 지리산 승려의 뻔뻔한 소리를 듣고 곧장 절벽 밖으로 차 버린다든지 하는 장지항의 행동력만큼은 인정해 줄 만하다. 게다가 일지매가 제 발로 찾아올 때도 곧장 화내거나 엄히 다스리지 않고, 오히려 일지매의 말을 끝까지 듣고 수긍하는 장지항은 너그러워 보이기까지 하다.

이러한 장지항의 모습을 살펴볼 수 있는 또 다

른 이야기가 화가 조희룡의 인물전 『호산외기(壺山外記)』(1844)에 실린 「장오복전」이다. 장오복은 '이름난 협객'이었다는 점에서 일지매와 공통점이 있다. 『추재기이』에서도 조수삼이 일지매를 소개하는 첫 말이 '도둑 중에 협객'이기 때문이다. 한비자가 "협(俠)은 무(武)로 금령을 범한다"라고 했듯 협객이란 사회 질서에 연연하지 않고 때로는 그 질서를 교란하는 문제적 존재이다. 하지만 그들은 재물을 가볍게 여기고 앞장서서 약자를 구제하는 등 그들만의 엄격한 정의에 따라 움직인다는 점에서 무뢰한이나 무법자와는 차별성이 있다. 일지매가 부자의 재산만 훔쳐다 모두 빈자를 구제하는 데에 썼듯, 장오복도 강자에게 강하고 약자에게 약한 협객이었다. 거리에서 싸움이 나면 장오복이 지켜보다가, 강자가 자신의 권세로 약자를 능멸코자 하면 나서서 이치를 따져 가며 기어코 강자의 사과를 받아 냈다는 것이다.

'거리의 심판자'로 저자를 평정한 장오복은 어느 날 광통교를 건너는 중 가마 행렬과 싸움이 붙는데, 술도 취했고 화도 나서 칼로 가마 밑바닥을 찌

른다. 하필 가마에 탄 자가 장지항의 애첩이었기에, 격분한 장지항은 장오복을 체포해 죽이려고 했다. 이때 장오복이 웃음을 터뜨리며 다음과 같이 말하자 장지항도 노여움을 거두고 그를 풀어 준다.

> "장군께서 윗자리에 있어서 도적들이 자취를 감추고, 제가 아랫자리에 있어 시끄러운 다툼이 사그라들었으니, 일세의 장부는 장군과 저뿐입니다. 그런데도 첩 때문에 장부를 죽이려 하겠다니, 한 번 죽기야 두려울 것 없다마는 장군께서 장부답지 않아 웃는 것입니다."

장오복의 말은 표면적으로는 도둑의 씨를 말릴 만큼이나 수완 좋은 장지항에 대한 찬탄처럼 보인다. 하지만 그 이면에는 '일세의 장부' 장지항조차 포착하지 못하는 '아랫자리'의 세계가 있다는 불편한 진실이 숨어 있다. 포도대장이란 현실 질서의 대변자이지만, 아무리 빼어난 인물이라도 사회의 응달을 샅샅이 비추기란 어려울 것이다. 법보다 주먹이 가깝고, 법을 비틀고 왜곡해서 약자를 착취하는 사각지대는 안타깝지만 분명하게 존재한다. 그렇다면 그곳은 단지 혼돈으로 들끓는 무법지대에 불과할까? 장오복의 대사는 '아랫자리' 또한 그 자체의 규칙으로 굴러 가고 있었음을 시사한다.

일지매가 장지항을 찾아가서 한, 긴 설득의 말도 같은 의미에서 장오복의 것과 포개어진다. "고리대금을 해서 모은 부자라든지, 소작인의 고혈을 긁어서 욕심을 채운 사람이든지, 수령 방백으로서 잔학하게 불법으로 모은 재산가라는 사람들이 누구 하나 구제한다는 이야기를 들으셨습니까? (…) 도적과 다름없이 모은 놈의 재물을 빼앗아다가 죽게 된 사람을 구제하는 것을 무슨 죄라 하시고 잡으려고 하십니까?" 따끔한 가르침과도 같은 일지매의 언설을 들은 장지항은, 장오복에게도 그랬듯 체포나 처벌이 아닌 '용서'를 선택한다. 용서만이 '윗자리'에서는 주목하지 못했던(혹은 '윗자리'라는 이유로 주목하지 않았던) '아랫자리'의 세계와 할 수 있는 최선의 교섭이기 때문이다.

3. 죽음을 박차고 삶을 구하는 여성들

이쯤에서 이런 의문을 제기해 볼 수 있다. 과연 '용서'가 최선이었을까? 장지항이 미처 보지 못한 영역의 실상을 장오복과 일지매가 증언해 주는데도, 적당히 웃어넘기거나 '그래도 도둑질은 나쁘니까 그만두면 좋겠어' 정도에 그치는 것은 적절한 조치일까? 이 사회에 발생하는 폭력을 어느 마음씨 좋은 개인이 해결하도록 내맡겨 버리는 것은 직무 유기이지 않을까? 그토록 결단력 있는 장지항이 적극적으로 나서지 않는 이유가 '게을러서'가 아니라 '어찌할 도리가 없어서'라면, 그건 이 사회에 근본적으로 문제가 있다는 뜻이지 않을까?

장지항의 곁을 맴도는 귀신들은 현실 질서에 내포된 모순의 징후이다. 『장지항과 일지매』에는 두 귀신이 등장하는데, 각각 파계승에게 가족을 몰살당한 후 복수만을 기다렸던 의지가지없는 여성과, 지리산 승려의 강간에 저항하다가 살해된 여성이다(편의상 각각 '갑'과 '을'로 지칭한다). 이들과 같이 외부적 요인에 의해 제명에 죽지 못한 귀신을 원귀

(冤鬼)라고 부른다. 원귀는 억울함과 원통함을 주요한 동력으로 삼아, 낮이고 밤이고 일상에 출몰해 "내 목숨을 살려 주오!"라고 비명을 지르며 공포를 선사한다. 귀신이 공포의 대상인 이유는, 그들이 생과 사의 경계를 가로지르는 존재이기 때문이다. 그들이 저승에 머무르지 못하고 이승에 침투함으로써 내가 차마 떠나지 못하고 있는 이곳, 산 자들이 디디고 선 이 땅이 뒤틀려 있음을 환기한다. 그렇게 귀신은 현실을 불안정한 공간으로 뒤흔든다.

원귀가 무사히 저승으로 돌아가기 위해서는 그들의 울분을 풀어 주는 과정이 필요하다. 고전서사에서 으레 그랬듯, 원귀의 해원(解冤)을 위해 주로 담력 좋은 남성 관리가 등장한다. 이 남성 관리는 귀신을 죽게 한 범죄자를 색출해 처벌함으로써 복수를 대신 갚아 준다. '을'의 경우가 이와 비슷하다. 아직 장지항이 높은 관직이 오르기 전이었기에 지리산 승려에 대한 처벌이 관청과 같은 공개적인 장소에서 이루어지지는 않으나, 그만의 참을 수 없는 정의감으로 승려를 곧장 처리해 버린다. "당당한 무부(武夫)로서" 할 일을 한 장지항의 징치는 윤리적으로 마땅한 일처럼 느껴지고, 독자에 따라서는 "마음이 상쾌해"지기까지 했을 테다.

하지만 이 불타는 정의의 수호자도 한때 누군가를 죽음으로 몰고 간 가해자라면 어떨까? 장지항은 '갑'의 조력자이기도 하나 그의 죽음에 대해서도 면책이 어렵다. '갑'은 가족이 몰살당하는 때에도 일 년이라는 시간을 벌어 파계승에게 복수할 기회를 찾기 위해 애썼던 여성이다. 장지항의 도움으로 파계승에게서 벗어난 뒤 '갑'은 장지항에게 구혼한다. 이는 "은혜를 만분의 일이라도 갚으려"는 보답의 의미도 있지만, 생존의 문제도 있기 때문이다. 일가를 잃고 반년을 인질처럼 생활했으며 경제력 또한 전무할 '갑'에게 앞으로의 삶을 도모하는 유일한 방법이 결혼이다. 가장 가능성 있는 혼처도 자신의 사연을 모두 이해하고서 복수까지 도와준 사람, 바로 장지항이었을 것이다. 하지만 장지항은 이러한 혼인은 "의리 없는 놈이 할 일"이라며 단칼에 거절한다. 장지항이 말하는 의리란 '육례(六禮)', 즉 유교 사회에서 남녀가 혼인을 위해 거쳐야 하는 절차를 가리킨다. 이 절차에 따르면 중매 없이 남녀가 곧바로 혼약을 맺을 수 없으며, 여성이 남성에게 먼저 구혼하는 경우 또한 없다. 이 규칙을 깨서라도 청혼할 만큼 '갑'은 절박하지만, 장지항은 그런 '갑'을 "더럽게만 생각해서" 떠나 버린다. 세상이 만들어 낸 '의리', 즉 현실의 규범으로 인해 역설적으로 '갑'은 이 세상에서 더 이상 살 수 없는 여성이 된다.

비록 '갑'은 끝내 이승에서 소멸하지만, 이는 '갑'의 문제가 '해결'되어서가 아니라 장지항이 '을'의 복수를 갚아 주는 것으로 '상쇄'되었기 때문이다. 기존의 서사 관습대로라면 장지항은 귀신이 원통함을 풀고 스스로 저승으로 물러가게끔 해야 한다. 이는 그의 해원 작업이 "귀신을 완전히 추방하는 역할을 수행"[4]함으로써 현실을 다시 문제없는 평화로운 세계로 되돌리는 과정이라는 뜻이다. 하지만 '갑'의 원한은 귀신의 해원을 도맡아야 했을 장지항 스스로에 의해 발생했기 때문에 미해결의 상태로 남는다. 이는 장지항의 실패이면서, 동

4 최기숙, 『처녀귀신』, 문학동네, 2010, 24면.

시에 장지항이 대변하는 현실 질서의 실패이기도 하다. '을'이 보은의 차원에서 '갑'을 쫓아내 주었기 때문에 제도의 실책은 은폐된다. 하지만 '갑'을 대체해 여전히 이승에 잔존하는 '을'은 현실 규범에 여전히 균열이 남아 있음을 표상한다.

'을'은 형체 없이 장지항에게만 들리는 목소리로 존재하기 때문에 현실을 뒤흔들 만큼의 위력이 없는 것처럼 보일지도 모른다. 하지만 남편을 죽인 여인이 포도청에 소환됐을 때 비로소 '을'의 대사회적인 힘을 실감할 수 있다. 여인은 고슴도치 털을 남편의 배에 찔러 넣어 겉으로는 티도 나지 않게끔 남편을 죽이는 철저함을 보여 준다. 여인은 폭력적인 남편에게서 벗어나 자신을 진정으로 아껴 줄 수 있는 사람과 새 삶을 꾸리고자 하는 강렬한 열망 아래에 범행을 저지른다. 하지만 조선 사회는 남편이 간통한 아내와 상대 남성을 죽이는 것은 죄가 아니어도, 남편을 죽인 아내는 사연을 막론하고 가장 흉악한 범죄자로 취급되어 예외 없이 사형에 처했던 남성 중심적인 사회였다.[5] 게다가 범죄를 은닉하려고까지 했으니, 여인의 죄질은 더욱 무겁다고 판단됐을 것이다. 그런데도 여인이 사면받을 수 있었던 이유는 무엇일까? 장지항은 여인의 기구한 사연을 모두 꿰뚫고, 남편의 폭력과 여인의 고통을 직접 진술하게 하여 포도청에 있는 사람들의 공감을 얻도록 한다. 다시 한번 장지항의 관대함이 드러나는 순간이겠으나, 사실 그의 판결은 "처녀의 귀신이 일마다 장 대장의 귀에다 이르는" 까닭에 가능했다. 즉 관례대로라면 사형이라는 이름의 침묵을 선고받았을 여인이 직접 자신의 사연을 증언함으로써 목숨을 구제하도록 힘쓴 것은 다름 아닌 '을'인 것이다. '을'은 법을 집행하는 자에게 가까이 달라붙음으로써 그간의 판례를 뒤엎고, 자신이 생전에 마땅히 누렸어야 했으나 그러지 못했던 '삶'을 건져 낸다. 이것은 제도의 실패에 대해 장지항의 육신을 빌린 '을'이 수행하는 대속이다.

5 홍진영, 「『신단공안』을 통해 본 여성범죄에 대한 서사적 형상화」, 『한국문학연구』 69집, 동국대학교 한국문학연구소, 2022, 368면 참조; 전미경, 「식민지기 본부살해(本夫殺害) 사건과 아내의 정상성 '탈유교' 과정을 중심으로」, 『아시아여성연구』 제49권 1호, 숙명여자대학교 아시아여성연구원, 2010, 91-92면 참조.

4. 불온한 상상은 현실이 된다

『장지항과 일지매』는 장지항의 시선으로 빈자와 약자, 협객과 도둑, 죄인과 사자(死者) 들의 세계를 응시한다. 그들은 제도 내부에 발생한 균열을 비집고 들어와 분노하고, 호소하고, 복수를 꿈꾸고, 서로를 구하고, 기존의 관습을 전복하기까지 한다. 이토록 균질하지 않은, 생동감 넘치는 목소리로 세상을 가득 메우는 이들은 한껏 불온하다. 일지매가 날래게 담벼락을 넘어 다니듯이, 귀신이 불분명한 실체로써 이승에 침투하듯이, 이 불온한 존재들은 경계를 교란하고 제도 내부의 모순을 폭로함으로써 위협적인 힘을 발휘한다. 현실에 위협이 될 만한 이야기를 검열하고 금지했던 유구한 역사 속에서, 이야기는 불온한 존재를 불온하지 않게 봉합함으로써 생존을 모색한다. 이제 일지매가 퇴장해야 할 때다.

일지매의 결말은 이야기에 따라 다양한데, 누명 쓸 것이 두려워 도둑질을 그만하거나(『이각박안경기』), 홀연히 사라지거나(『환희원가』), 법의 심판을 받고 죽기까지 한다(『일사유사』). 『장지항과 일지매』의 저자는 일지매가 "개심수덕"하여 스스로 도둑질을 멈추도록 만든다. 어느 날 일지매가 숨어든 집에 출장 간 주인을 대신해 그의 친구가 집을 지키고 있다. 그는 안주인에 대한 성욕을 참지 못해 방 밖을 서성인다. 성욕과 윤리 사이에서 갈등하던 남자는 이내 방 안에 들어가 문밖으로 열쇠를 내던짐으로써 자신을 도덕적 결백함으로 봉인한다. 이에 감복한 일지매는 "어진 행실을 본받고 불량한 행실을 고치"고 친구와 의형제를 맺어 함께 지낸다. 이때 또 한 번의 상쇄가 일어나는데, 일지매가 도둑질을 그만둔 것이 부정부패한 재산가가 사라져서가 아니라, 성품이 올바르고 도덕적인 부자 또한 존재하기 때문이다. 마음씨 착한 부자의 윤리적 행실과 일지매의 반성으로 마무리되는 소설의 결말은, 사회 어딘가에서 아직 자행되고 있을 폭력과 착취에 대해서 함구하고 대신 현실을 무결하고 표백된 공간으로 봉합한다.

하지만 『장지항과 일지매』는 일지매 자체를 하나의 가능성이자 여지로서 소설 안에 숨겨 둔다.

다른 이야기에서와 달리 『장지항과 일지매』에서의 일지매는 아무도 모르는 곳에 유폐되거나 숨통이 끊어지지 않고, 우리가 사는 이 세상에 이름을 감추고 잠복해 있기 때문이다. 이러한 변화는 일지매에게 있어 또 하나의 갱신이자 도약이다. 이 소설을 덮은 독자 중 누군가는 일지매가 아직 우리와 함께 섞여 살고 있으리라고 기대할 수도 있을 테고, 누군가는 일지매가 언젠가 마음을 바꿔 다시 부패한 고관대작과 욕심 많은 재산가의 집에 숨어 들어가 그들을 통쾌하게 놀려 주리라고 내심 기다릴지도 모른다. 독자들의 범람하는 상상 속에서 일지매는 이야기라는 담장을 훌쩍 뛰어넘어 현실로 숨어든다. 그런 점에서 실제로 『승정원일기』의 기사에서 발견되는 일지매의 이름은 의미심장하다. 1716년 평안남도 어느 죄인의 간정(看訂), 즉 증인으로 규류된 자를 풀어 달라는 청원이 있어 처리 방안을 논의하는 기사가 있는데, 이 간정의 이름이 바로 일지매이다. 이 일지매가 과연 누구일지는 우리의 의혹과 추측에 부칠 뿐이다. 다만 한 가지 짐작할 수 있는 점은, 일지매가 그저 가상의 인물로만 여겨지지 않았으며 체감 가능한 불온한 실체로서 사람들의 입에 오르내렸다는 것이다. 진실과 허구의 경계조차도 넘나들며 생명력을 이어가는 것, 이것이야말로 일지매가 지닌 매력이라고 할 수 있다.

영조대왕께옵서 말년에는 년로하서々 항상하시든 야순(夜巡)도 못하시고 밤이며는 잠도업스서々 심々하심으로 인재도친감(親鑑)하시고여항(閭巷)에민정(民情)도 아시기 위해서 매양밤이면 궐내각사(闕內各司)에 립즉(入直)한 관원들을 립시(入侍)하라고 편전(便殿)으로 부르서々 공사에 관계되는일도 하순(下詢)하시고 한만(汗漫)한 여염간(閭閻間) 이야기도 드르시든터이다

하로는 선전관청(宣傳官廳)에 립즉한 선전관들을 부르서々 가정간(家庭間)에 부자(父子)나 조손(祖孫)가티 상하톄통(上下體統)을 보지아니시고 허물업시 무르시고 대답을하엿다 영조께서 무르시기를

민간에서 녯날붓터 류전(流傳)하든 것이든지 너의눈으로 본일이든지 아모것이나 아는대로 이야기를해라

립시한 선전관두사람중에 한사람은 영남(嶺南)사람이요 한사람은 장지항(張志恒)이니 그는다년훈련대장(多年訓鍊大將)으로 명성(名聲)이 자々(藉々)하든 장붕익(張鵬翼)의 아들노 문벌(門閥)도 혁々하건이와 려력(膂力)과 효

용(驍勇)한것이 당시려포(當時呂布)라 할만한터이다 그는 이왕에도 여러번 립시를해서 경력이 잇슴으로 아는대로 무슨이야기든지 대강알외엿다 영남사람은 처음일뿐아니라 원래시골서 생장을해서 존엄지디(尊嚴之地)에서 황송만 해서두서가 업슴으로 다만알외기를

소신은 알외올이야기가 업습니다

영조께서 다시무르시기를

그러면 네가지낸 이야기라도해라

소신이 시골서올때에 본일은잇습니다

영조께서 우스시며

그것이 더조흔이야기다

소신이 이번에 서울올때에 고령짱에를 당도하와서 해는 저무러 가옵고 주막은 업사와 망설이다못해서 촌가를 차저드러갓습니다

그래서

큰집하나히 잇삽기로 문압헤가서 불넛습니다 수삼차나 불너도 대답하는사람은 업습니다

그래엇지해

생각다 못해서 문안에를 드러서々 또불너보앗습니다 그제야 안에서 계집아희 목소리로 간신이 들닐만큼 누구를

차지시오 함니다

그래서

길가든 사람이 해는저물고 주막은업서〻 자고가자고왓소 하엿습니다

여긔서는 주무시지 못하실터이니 다른대로 가시오 함니다

날이어두어서 인간을 차저온 사람을 너무박절이하오 인제는 다른데로 갈수가 업스니 아모데서라도 하로밤만 자고가게 해주오 하엿습니다

내가박절히 하는것이 아니요 당신을 위해서 하는말이니 여러말마시고 더늣기전에 다른곳으로가서 주무시요 함니다

그것참이상한일이로구나 그래서 쏘엇지햇서

집에온사람을 다른대로 가라고하면서 나를위한다는 것이 무슨말이요 이산쏠에 밤은발서 느젓는데 갈데가 잇서야 아니하오 아모데라도 빌니면 자고 갈터이요 하엿습니다

그처럼하시니 이리드러오시면 자세한 이야기를 하겟습니다 함니다

소신은 그말을듯고 안으로 드러갓습니다 아모도업는 비인집에 나희열팔구세가량되여뵈는 소복한 쳐녀하나만 잇습니다 소신은 이상해서

집안식구는 다어듸가고 너만혼자잇늬 하엿습니다

그쳐녀는 근심이 얼골에 드러나서

우리집이 부모도게시고 식구도 여러시요 형세도 구차하지는 안햇습니다

집뒤산속에 적은절이잇고 그절에는 늘근중하나가 잇섯습니다 반년전에 어듸로서 왓는지는 아지못함이다마는 흉악하게 생긴중놈하나가 오더니 그늘근 중을죽엿는지 어듸로 쫏차보냇는지 그놈이 혼자잇섯습니다 그놈이 우리집에를 혹시양식도 취하라단이기를 여러번하다가 나를본것임니다 그흉한놈이 밤중에내려와서 우리부모와 식구를다죽이고 나를겁탈하려함니다 나는죽으려고 하엿더니 그놈이 빌면서 죽지말면 네가하라는대로 하겟다고 하기로 삼년상이지나야 저고살겟다고 속인것은 내가죽고보면 원수갑흘사람이 업기로 당장욕을 면하고 살아잇다가 엇지하든 그놈을죽여서 원수를 갑푸려는 것임니다 그놈이 삼년은 너모오래니 소상후에는 살기로하자기로 내가그리하마고 허락을하고 잇는지가 발서반년이나 되엿습니다 그놈 이만일와서 당신을보며는 그대로둘리 잇슴닛가 필경은 죽이고말터이기로 여긔서주무시지 못한다는 것이니 쌜니다른데로 가서〻 주무시고 내정경을 불상이역이시거든 관부에 이사연을 고해주시면 난망지은이 될것임니다

함니다 소신이 생각해보온즉 그밤중에 갈곳도업사옵고 또는 그중놈이 아모리 흉악할지라도 정량으로 한번만 맛치면 죽고말터이기로

그놈이 아무리 흉악하여도 내가처치 할터이니 아모념려마라 하엿습니다

당신이 그놈을 보시지못하셧스닛가 저리말슴하시나보이다마는 당신가티 연약하신 양반이 그태산갓흔놈을 엇지하겟다 하심닛가 공연이 당신만 그놈에게 해를보실터이니 별말슴마시오 함니다

내가 아모리 연약해도 그놈하나는 념려업다 햇습니다

당신이 저처럼하시니 필경은 무슨도리가 잇나보이다 말슴과 가티만되면 그런은혜가 어듸잇겟슴닛가 함니다

그놈이 언의때면 오는야 무럿습니다

쥬야에 오지요마는 밤이면 매양늣게와서 놀다가가지요 함니다

그쳐녀가 저녁밥을해서 먹으라기로 시장하기로먹고나서 다락우에 올나가서 활을엽헤노코 그놈이 오기를 기대렷습니다 하참만에 밧게서 발자취 소리가 쌍々나면서 먹장삼입고 송락을쓰고 석가래갓흔 주령막대를집고 드러오는 놈을 보온즉 키는구척이나 되옵고 허리는 열아름은 되고

얼골은 맵방석만 하옵고 거문얼골에 방울갓흔 눈을굴맵며 방안에 드러안진 것이 태산갓습니다 소신은 한번보옵고 정신이아득하와 맥이풀려서 활을쏠 의사가 날수잇슴닛가 감안이 생각해서 보온즉 그놈에게 잡히기만 하오면 쥭고말터옵기로 감안이 뒤창으로 내려와서 밤새도록 도망을해서 서울노올나왓습니다

그후에 엇지된것은 몰낫겟지

엇지알 도리가잇섯겟슴닛가

영조께옵서 진로하옵서〻

네가 당〻한 무부(武夫)로 그만놈을보고서 도망을할째에야 만약나라에 큰일이 잇고보면 도망붓터 할것이 아니야 너갓흔 위인은 벼슬에 두엇다가 무엇에 쓰겟느냐 너는나가서 내일노 사직을 하렷다

그사람은 황공무디하와 대답을하고나왓섯다 장지항은 가티나와서는 그사람다려

여보앗가 어전(御前)에서 알외든 그쳐녀의집이 고령쌍 어듸요

그사람은 대강언의곳이라고 차저갈만치 가라처 주엇다 장지항은 다시뭇기를

로형이 그리고온지가 을마나되얏소

두달이나 지낫지요

잇흔날 그사람은 과연사직을하고 장지항은 을마간 수유(受由)를 하엿섯다

장지항은 그날노 써나서 고령디경을 당도해서 그사람이 가룻처주든 산골노 드러간즉 과시큰집 하나가잇고 인적이 고요한것이 비인집갓다 날이느저지기를 기대려서 그 집문압헤가서 불넛다 대답은업다 문안에 드러서〻 쏘불넛다 역시대답은업다 아마그쳐녀가 그동안에 죽지나 아니햇나하며 안마당을 드러서〻 쏘불넛다 그제야 방안으로 소복한처녀가 나오면서

누구를 차지심닛가

나는길가든 사람인데 날은저물고 주막은 업서〻 하로밤 자고가자고왓다

그러하시겟습니다마는 우리집에서는 주무실수가 업습니다 다른데로나 가보십시오

어둔날에 인간근쳐를 차저온사람을 어듸로가라느냐 아모데서든지 자고갈터이다

내가 절박한줄노 아시나보이다마는 주무시지못할 사정이 잇습니다

사정은 무슨사정인지 모른다마는 대톄이집에 얼은은 다

어듸가고업늬

아모도업시 나혼자뿐임이다

괴상한말이다 이산골에서 네가혼자 엇지산단 말이냐

그러기로 아즉죽기전 사라잇슴니다 그러나 어서다른데로 가십시오 지체하시다가는 큰일날터이올시다

네가하는말을 아지못하겟다 설혹내가 여긔잇기로 큰일날 것이야 무엇이냐

말이장황하기로 말슴을못한것이러니 이처럼 무르시니 대강하겟슴니다 우리집이 부모가 게시고 하인들도 여럿이 잇고 산골이나 과히간곤이는 지내지 아니하얏슴니다 집뒤산속에 절하나가잇고 늘근중하나만 잇더니 반년전에 어데서온중인지흉악한놈이 와서잇더니그늘근중을엇지하엿는지 업서지고 그놈만 잇섯지요 그후로 우리집에와서 량식도 취해가고 몃번왕래 하다가 나를보앗든지 흉악한놈이 밤에와서 집안식구를 모다죽이고 나만남겨노코는 저와살자하기로 내가죽으려 하엿더니 그놈이 내가죽을가 겁이나서 빌면서 네가하란대로 할것이니 죽지말나기로 내가생각해본즉 나만죽으면 원수갑흘 사람이 업겟기로 욕이나 면하고잇다가 무슨긔회든지 원수를 갑흐려고 그놈다러 삼년을 맛치고나서 살자고 하엿더니 그놈이 너

무오래다고 소상만지내거든 사자기로 내가허락을 하고긔

회만 보고잇는것이 반년이 지냇습니다 만약당신을보며는

누구인지 알겟슴닛가 필경은 죽일것이기로 여긔서는 주

무시지 못하신다고 한것이니 시방이라도 더늣기전에 다

른데로 가십시오

장지항은 드른즉 그사람의 이야기와 틀님이업다쌜々우스며

그놈이 아모리흉악할지라도 겁낼것잇늬 너는아모념려말

고 잇스면 내가그놈을 조처할터이다

그쳐녀는 무슨생각을하고서

별말슴마서요 수삭전에도 당신과가티 장담을 하든사람이

잇기로 나는태산가티 밋엇더니 급기그놈을 보고는 언의

때에 도망을햇는지 아지도못하게 간일이잇섯슴니다

그사람이 누구인지은 아지못한다마는 사람마다 그와갓겟

느냐 여러말할것 업시 보기만해라

당신말슴갓흐면작히조켓슴니가 내마음에는 대단조심됨

니다

네가그리기도 고이치안타 별말할것업시 쏘한번만 내게속

아 보렴으나

아마저녁을 아니잡수섯슬터이니 이리드러오서々 잠간만

안져겝시요

장지항은 방으로 드러가 안져잇고 쳐녀는 불이나케 밥을 차려왓다 장지항은

밥을먹고나서

그놈이 언의때면 오느냐

오래지 아니해서 오게되엿습니다

그러면 그놈이와서 안젓는것을 볼만한곳에 숨어잇서야 아니하늬

그리하시지요 그놈이오면 매양이곳에 안짐니다 저다락에 올나가 계시고 문만여러노면 그놈안진것이 쪽바로 뵘니다

장지항은 몸단숙을 단々이하고 다락에 올나안저서 그놈이 오기를 기다렷다 을마아니 되어서 밧그로서 발자취 소리가 쾅々나며 중놈하나가 드러오는데 듯든말과가티 구척장신에다가 태산갓흔몸이 방속이 뿌듯하다 송락을 버서노코 검싀흉한 얼골에다 우슴을 허々웃고서

우리애기 밤만이 먹엇나 볼수록 어엽부기도하다

별안간에 무엇이 어엽부다고하오 밥만々히먹으면 어엽부겟소

그러면 어엽부지도 아니한것을 공연히 어엽부다고 하엿군

쳐녀는 엇지될지 몰나서 마음이 조々해서 그놈과 멀니안저서 뭇는말만 대답한다 그놈은 또우스면서

인제몃달만 더지내면 우리가 혼인을할가

중도장가 갑든닛가 별소리를 다듯겟소

나는그러면 그동안에 머리를 길너서 상토를 할가보다

업는머리를 앨써길너서 장가는가 무얼하오

그러면 중서방이 존계로군

장지항은 그놈이 말하는것을 들을수록 통한한마음이 북밧처서 정랑에다가 살을멱여서 평생힘을 다드려서 그놈의 멱통을 향하고 쏘앗다 처녀는 그놈과 문답을 하든중에 별안간 꽝소리가나더니 태산갓튼놈이 뒷벽에가 잡바지더니 벼락치듯 소리를지르고 이러나려 할지음에 또꽝소리가 나면서 그놈의 배에 방망이갓흔 살이백인다 그놈이 소리한번을 지르고 긔절하엿다 원래장지항이 서울서 써날때에 살촉에다가 독약을바른고로 살이백이며 약독이 발해서 즉각에 죽은것이다 처녀는 그놈을 그럿케 용이하게 죽일것은 생각지못 하다가 그광경을 보고는 엇지할줄을 모른다 장지항은 다락에서 내려와서 그놈의죽엄을 끌어내다가 뒤산에 버리고나니 싸는날이 벌서발갓다 처녀로 밥을지으라 하엿다 장지항은 셰수를 하고나서 밥을먹은뒤에 곳써나려한다 처녀는잡고못가게하면서

부모의 철텬지원을 갑하주시니 그은혜를 생전사후에 무

엇으로 다갑풀지모름니다 그러나 밤새도록 한잠도못 주무시고 길을엇지 가시겟슴닛가 오날은 편이쉬시고 내일 쩌나십시오

곤하기는 하지마는 내가나라에 수유한 긔한이박두하기로 급히가야 할터이다

당신도 쉬실겸 내일도 조처해 주시고 가시옵시오 당신이 가시고보면 나는 엇지할도리가 업습니다

네조처짜지 날다러 엇지하란말이야 너의족척간이나 친한 사람을 차저서 의론할것이다

우리집에 족척간이나 친한사람이 잇섯스면 반년을너머 혼자속을 썩엿겟슴닛가 이왕죽으려든몸이 인제와서 살녀고하는것은 당신은혜를 만분에일이라도 갑흐려하는것임니다

네말을드른즉 그러하겟다마는 은혜란말은 다시할것이 아니다 내가너를 엇지할도리는 업슨즉 네가조흘방책을 생각해서 할것이다

당신게선 내정경을 보서々 불상이 역이십시오 당신게서 나를구처 하시려하면 어려울것이 업슬것임니다

네말을 내가알아듯겟다마는 내가네원수를 갑하주엇다고 너를내사람을 맨드는거슨 의리업는놈의 할일이다 나는결

단코 그러한행동은 아니할터이니 그생각은 말것이다

당신이 이처럼 고집을 하시게되면 나는필경에 죽고마는 사람이니 도려혀 적원이 아니되겟슴닛가

장지항은 그말에 불쾌한 생각이나서

네가죽든사든 적원이되는 적선이되든 나는알것업고 의리업는일은 아니할쁜이다

그는날다러 죽어도 모른다말슴이요구료 너무그리지마시오

장지항은 그처녀의 행위를 더럽게만 생각해서 분한마음에 그말대답 할새도업시 떨치고 나서々 바로서울노 올나왓섯다 그처녀는 장지항이가 그와가티 매몰이하고 가는것을 분히도 역이그 붓그럽기도해서 하날을 부르며 대성통곡하엿스나 누가잇서々 만류하랴 긔운이 시진하도록 마음대로 울다가 필경에는 수건으로 목을매고 죽고마럿다

장지항은 서울노 온후로 날마다 잠만들면 그처녀가 목에 수건을 매고와서 울면서

당신이 무슨까닭으로 나를원통이 죽도록 하엿소 내목숨을 살녀주오

장지항은 꿈속이나 더럽다고 꾸지々나 밤새도록 울며 조른다 하로잇흘 날이 갈사록 먼저는 꿈에만 뵈든 것이 차々로 자지안는 때에도 그와가티 눈압헤서 봇채다가 나

종에는 낫에도 잠시를 써날적이업시 울며붓챈다 장지항 혼자눈에만 보이는고로 처음에는 소리를 질너서 쑤짓기도하고 욕도해서 집안사람들이 밋첫다고 놀나서 판수를 불너다가 경도읽고 산천에 긔도도 하얏스나 효력은 조금도업시 점々심해질수록 장지항은 자지도못하고 먹지도못해서 날노 파리한 형용이 쎠만앙상하게 되얏다 장지항은 원래에 려력이잇고 긔개가 절륜한 까닭으로 그리하는중에도 조금도 겁내는 마음은 업섯다 세월이 갈사록 장지항은 성이가시여서

내가집에만 갑々하게 드러잇다가는 필경은 화에못익여서 살지못할터이니 차라리 나서々 팔도산쳔을 구경도하고 마음이나 쾌활히 해보겟다

뜻을정하고나서 쥭장마혜로 지정업시 나섯다 명산과 절을차저가기로해서 위선 과쳔관악산을보고 수원룡쥬사를 본후에 츙청도로 공주계룡산 갑사마곡사 등쳐로 부여백마강 락화암을본뒤에 전라도로 내려가서 산속절만 차저단이다가 자연여러달이되엿다 하로는 지리산속으로 드러가서 놉고깁흔 산속에 적은절하나가잇고 중도하나만잇다 장지항은 오래피곤한몸을 그절에서 중과가티잇서 낫이나 밤이나 서로마주안저서 이야기나 할쑨이다 장지항은 그

중을 보건대 자긔와가티 파리해서 두리안진것을보면 귀것갓다 그중도 장지항과가티 잘먹지도 못하고 잠은통히 자는일이업다 장지항은 마음으로 날과갓흔사람도 잇나보다 이상한일도만타 그러하나 피차에 엇지해서 그러한 리유는 무러본적은 업섯다 그절이 원래놉고수목이 무성함으로 별량청명한때가적고 항상구름과 안개속에 드러잇다 하로는 일긔가 청명해서 구름과 안개가 혀여젓고 청량한 긔운에 정신까지도 쇄락하엿다 중은장지항다러

오날일긔가 잇처럼청량하고 조흔즉 우리뒤산에 올나가서 원근경치나 구경해서 울적한 마음을 시원케 하십시다

참조흔말일세 먹을것이나 조금가지고가세

먹을것뿐만 아니올시다 뎨일물이긴하지요

놉흔산속이라 물은업나뵈이그려

거긔서 물을보려면 석벽아래 푸르고 깁흔물뿐이지요

중은장지항을 압서〻 상〻봉으로 올나가는데 그산속에는 수목이 빽〻이 드러섯슬 뿐만아니라 싹근듯한 석벽이 발을붓칠곳이업다 칙덤불과 나무가지를 붓들고 긔다십히 간신이 올나가서본즉 이편은 험하여도 산이나 저편은 나무 하나업시싹가지른듯한 낭이요 천장이나 만장이나되는 석벽아래에는 푸른물결이 용용해서 내려보기에 위험하다

두리서로 바위우에 안저서 멀니바라본즉 하날가까지 뵈는듯이 가슴이 시원하다 그러하나 장지항은 어듸가 어듼것을 분간치못함으로 중은손으로 가릇치며 저긔는 경상도에 엇더한산이고 저긔는 제주에 한라산이라고 일너준다 장지항은 그러히역일뿐 이럿다 어언간에 뎜심때가 된고로 가지고갓든 썩과물을 먹어가며 중은이절에 부처님이 엇지하셧다는것을 쏘이야기 하엿다 그리하노란이 자연중이 구경한말도하고 장지항은 그동안단이며 구경한것도 이야기 하든씃헤 중은장지항다려

나리를 오래모시고보은즉 참은통이 못주무시고 잡숫기도 만히못하시고 모양이 그리수척하시니 무슨병환으로 그러하심닛가

장지항은 그뭇는말에 괴탄하듯이

나는 별병이 아니라 공연한 생병을 작만해가지고 이지경이 되엿다네

중은 이상이 역이는 듯이

생병을 작만하시단이요 무슨까닭으로 생병을 작만하선단말슴이온닛가

장지항은 긔가맥혀 하는 듯이

내이야기를 좀드러보려나 내가선전관을 단엿네 시방상감

께서 년긔가 놉흐시고 밤이면잠이 업스서々 심々하신때면 궐내각사에 립즉한관원들을 밤마다 편전으로 불너드리서서 이야기도 드르시고 세상물정도 무러보시든터일세하로는 내가선전관청에 립즉을하엿는데 무예쳥이 나와서상감께서 불으신다 하기로 가티잇든 동관한사람과 가티드러갓더니 상감께서 너의가 아는대로 녯날이야기나 혹시방일이라도 이상한소문이거든 드른대로 하라시기로 나는전에드럿든이야기를 알외엿섯네 가티드러간 동관은 본래영남사람으로 별노이는 이야기도업고 또는벼슬한지가오래지 아니해서 립시가 처음인고로 존엄지디에서 황송만한 모양인데 무엇이라 알윌지몰나서 아는 이야기가 업슴으로 알외엿더니 상감께옵서 그러면 네가지낸 것이라도 알외라 하시데그려 그사람이 자긔가 서울노 올나올적에 지낸이야기를 알외는데 고령땅에와서 날은저물고 주막은 업서서 촌가를 차저가서본즉 집은크나 아모도 업기로 문에가서 여러번불너도 대답이업기로 안에드러서々또부른즉 쳐녀하나만 잇서々 누구를 차지시오 하기로 길가든 사람이 날은저물고 주막이업서々 좀자고가자고 하니까 쳐녀는 여긔서는 못잘터이니 다른데로 가시오 함으로다른데로는 갈곳이업스니 아모데서든지 자고가갯다한즉

처녀가 못잘 곡절을 말하는데 뒤산속에 절이잇고 절에늘
근중 하나만 잇더니 반년전에 어듸서온 놈인지 중놈하나
가 흉악한놈이 오더니 엇지하엿는지 늘근중은 업서지고
그놈만잇서々 각금량식을 취하라 단이다가 나를보고 흉
한욕심이나서 밤에드러와서 부모와 식구를 모다죽이기로
나도죽으려 하엿더니 그놈이 백만으로 달내며 내가하자
는대로 하갯다기로 나도생각해본즉 내가죽으면 원수갑흘
사람이 업기로 그놈과소상이 지낸후에 사자하고 긔회를
보아서 원수를갑흘양으로 살아잇슨즉 만약그놈이 당신을
보면 죽일터이기로 다른데로 가시라한것이니 빨니다른
곳으로 가서주무시고 나를불상이 역이서 관부에 내사정
을 고하서서 원수를 갑하주시면 그은혜를 죽어서라도 갑
갯다기로 내가그놈을 죽여서 원수를 갑파줄터이니 념러
말나하고 그놈을기다리더니 을마아니해서 중놈하나가 드
러오는데 구척장신에다가 금방울갓흔 눈을굴니며 드러와
안는것을보고는 정신이아득해서 겁결에도감안이 뒤창으
로 도망을해서 서울노왓슴니다 알외엿더니 상감께서 못
쓸위인이라하시고 사직하라하셧네 립시를 파해서 나와안
저 이리저리 그일을 생각해본즉 그쳐녀가 필경에 그중에
게 욕을당햇거나 그리지 아니면 죽을터이기로 분한마음

을 참지못해서 그잇흔날 벼슬을 수유하고 그곳을 차저갓더니 과연그사람의 말과가티 쳐녀가 혼자잇서서 못자고 간다고 거절하는 것을 가청을해서 그놈을 기다려본즉 과시엄청나데그려 그러나 그사람과가티 도망해올수야잇나 내가죽드래도 해볼작정으로 활노그놈을 쏘앗더니 다행이 그놈이 죽기로 그잇흔날곳 써나려한즉 처녀가 붓들고 날과 사자고하네그려 그런의리업는일을 내가할니가잇나 고만거절을하고 왓섯더니 필경은 그애가 죽은모양일세 그후로 그애가 쑴에뵈기 시작을하며 원통이죽엇다고 살녀달나 하더니 차차로 밤낫업시 내압헤와서 봇채며 조르는고로 잠도못자고 먹지도 못해서 이모양이 되엿네 그런일도잇나 나는그것으로해서 살수가 업기로 팔도산쳔이나 구경하다가 엇지되든지 하자고 나서단이는길일세

그중은듯고나서 한탄하드니

말슴을 드른즉 그러하갯슴니다 셰상일이 고로지도못함니다

장지항은쏘중다려

대사는 엇지해서 날과가티 잠을못자고 먹지도못하나

그중은 한숨을쉬면서

소승은 소승이 지은죄로 이모양이람니다

장지항은 놀나는듯이

죄는 무슨죄를 지엇단 말인가 자네나내나 이모양인바 에아지못할것잇나

녜소승이 지은죄는 다른일이 아니올시다 일년이나 된일임이다 소승의 절에량식이 쩌러젓기로 촌가로 동량은 나갓섯슴니다 이리저리 사면으로 도라단이며 동량을 하다가 언의촌에을가서 뉘집인지 문밧게서 량식을 좀달나 하엿더니 안에서 쳐녀하나가 내다보면서 량식이업서 못주니 다른대로 가보라고 하여요 잠시그쳐녀를 보아도 텬하에 절색이기로 별안간에 못된욕심이나서 긔탄하는것도업시 그집안으로 쒸여드러가서 아모도 업는것을 보고는 그처녀를 겁칙을 하려하엿더니 그처녀가 참극성되아서 칼을들고 소승을 치려하는것을보고 분한김에 쳐녀가진 칼을빼서々 찔넛더니 죽석에서 잡바저 죽엇기로 그때에야 겁이나서 도망을해서 왓더니 그후붓터는 낫이나 밤이나 쳐녀의귀신이 짜라단이며 원수를 갑푸라왓다고 붓채기을 장근일년이나 되어서 이지경이 되엿슴니다 지금도 소승의압헤 잇슴니다 그것이 소승의 죄가아니고 무엇이겟슴닛가 그러기로 소승은 죽을째만 기다리고 잇슴니다

장지항은 그말을듯고 별안간 분이나서

중놈이 그런일도 한단말이야 너갓흔놈은 살녀두지못할놈

이다 이놈내게 죽어바라

소리를 지르며 발길노 그놈의 안가슴을차서 쳔만길이나 되는 낭써리지로 쩨굴쩨굴[1] 굴너내려가며 창파속에 펑덩하고 써러저서 죽엇다 장지항은 중놈이 물에빠저 죽는것을보고 마음이 상쾌해서

그놈 시원히 죽엿다

연해서 시원하다하며 홀노절로 내려왓다 쌔는발서 석양쌔나 되어서 밥을지여 먹고나서본즉 처녀의 귀신이 보이지 아니한다 마음으로 도로혀 이상이 역여서

오날은 그것이 아니뵈니 윈일인고 이제는갓나보다

이와가티 생각을하며 몃달만에 편이자보려하엿섯다 그리자 쳐녀가 쏘보이더니 전에보지못하든 쳐녀하나가 쏘쫏차오는 모양이 싸호며 오는것갓다 처음보는쳐녀가 그쳐녀의 멱살을잡고

이년 이더러운년아 은혜갑흘 생각은 조금도 아니하고 음탕한마음이나서 성방을삼으려다가 무안을못익여 네손으

1 원문에서 1음절이 반복될 경우々, 2음절 이상이 반복될 경우 〈가 쓰였다. 이 부분 또한 원문은 '쩨굴〈'이다. 그런데 〈는 본래 세로쓰기에서만 쓰이고 글자 수만큼 길게 늘여서 쓰기 때문에 가로쓰기를 하는 이 책에는 어울리지 않아, 々는 원문 그대로 살리고 〈는 반복되는 표현으로 수정하였다. 이후 수정한 것에 따로 주석을 달지는 않는다.

로 죽은년이 도려혀 은인을 죽이려 하느냐

그쳐녀는 독이나서 악을쓰며

이년아 네게무슨 상관이잇서々 남의원수를 못갑게 히살을 노려하느냐 너마저 죽여야 하갯다 이년내손에 죽어보아라

다라들며 주먹으로 치려하는데 처음보는 쳐녀도 주먹을 드러서 가슴을 내지르며

이년보아라 나를친다 네아모리 악독해도 내게좀 마저보라

주먹으로 대가리로붓터 쨘억개 가슴할것업시 함부로친다

그쳐녀도 서로치면서

이년잘친다 네가죽나 내가죽나 해보자

장지항은 어히가 업서々 보기만 하다가 처음보는 처녀를 위해서 그쳐녀를 죽도록 치고십흐나 귀신과 사람이 달나서 맛지는 아니하고 주먹만 헷나갈뿐이다 그와가티 싸호기을 밤이새도록 함으로 장지항도 조금도 자지못하고 날이발갓다 처음보는 쳐녀는 그쳐녀의 멱살을 잡고 끌면서

이년나고가자 여긔서는 싸화도 소용업겟다

그쳐녀는 아니가랴고 앙탈을하며

이년가기는 어듸를가잔말이냐 나는안갈테다

처음보는 쳐녀는 눈을부릅뜨고 끌면서

염라나대왕께로가자 거긔가서도 악착을부리나보자 네가 아모리 아니가랴고 앙탈을 부려도 안될터이다 이년견듸여 보아라

주먹으로 함부로치며 멱살을 잡아쓴다 그쳐녀가 원래 처음보는 쳐녀보다 연약한중에 맛기를 몹시마진고로 긔운이 시진해서 어듸로인지 끌어간다 장지항은 하도괴상해서 그쳐녀는 누구기로나를 위해서 그처럼하는고하며 고마운 마음이 업지아니하얏다 날이느저서 시장함으로 밥을먹고난즉 쳐녀의 귀신이 뵈지안는고로 마음이 안정되야서 자연잠이온다 얼마를잣든지 소피를 하노라 깨여본즉 해는저서 어두엇다 또밥을먹고나서 누엇슬때에 처음보든 쳐녀가왓다 장지항에게 천번이나 절을하면서

천만뜻밧게 철텬지원을 갑하주시니 그은혜를 무엇으로다갑흘지 아지못함니다

장지항은 그때에야 누군것을 알녀해서

너는 누구기로 내가네원수를 갑하주엇다 하느냐

녜당신께서 밋처생각지 못하심니다 나는다른사람이아니올시다 어제당신이산에서 발노차서 죽이든 중놈이 곳나을죽인 원수놈이올시다

그러면 그년을 끌고어듸로 갓섯느냐

여긔서는 그년과 싸화도 소용이 업기로 영왕쎄로 끌고가서 전후사실을 고하얏더니 영왕쎄서 그년을 엄히치죄하시고 내쫏치섯스나 혹시쏘당신쎄와서 괴롭게할가 염려해서 영왕게 고하고 이후로는 은연한중에서 당신을 보호해서 은혜의 만분에하나라도 보답하려함니다

말은고마운말이나 너는원통이죽은터인데 조흔곳으로 환생은 아니하고 날만보호 한다는것은 못될일이다

그리하는것도 나의전생에 남은죄를 소멸하려는 것이니 그런염려는 마시고 이후는 무슨일이든지 당신귀에 고할터이니 공명이나 놉히하시고 안향태평 하십시오 나는이후로는 당신쎄형용은 뵈지아니할터이올시다

대단이 감사한말이다 그러나 너는어듸서 살아스며 성명은 무엇이냐

무르시는 의향도 짐작하갯습니다마는 주소와 성명은 아실 것 업슴이다 다만이절 중놈이죽인 계집애로만 알아두십시오

쳐녀는 말을하고나서 절을하고갓다 그후로는 압헤와서 뵈는일은 업섯다 장지항은 즉시서울노 올나왓다 그쳐녀의 귀신이 붓채든 괴로움이 업서젓슴으로 자연잠도 잘자고 먹는것도 충분이함으로 만사가 편안해서 수척하는 얼

골도 상당이풍부 하엿고 정신도 회복이 되야서 전과가티 쾌활 하엿다 다시복직(復職)을해서 얼마아니해서 첫원을하고 쏘영장(營將) 변디(邊地) 방어사(防禦使) 수사(水使) 병사(兵使) 이력(履歷)을 한연후에 각영중군(各營中軍) 검군별장(禁軍別將)을 지내고나서 우변포도대장(右邊捕盜大將)을 하엿섯다 그쌔에 각처에 도적이 밤마다 아니나는 날이업슴으로 장대장은 도적잡기에 주의해서 영리하고 효용한사람을 쏍바서 포도군관(捕盜軍官)을 식이고 방々곡々이 수색을해서 날마다 몃십명도적을 잡는고로 오래지 아니해서 서울서는 도적의 폐단이 업게되얏다 그는포도군관의 능력으로 그리된것이 아니요 전혀장대장의 지휘명령을 바더서 한 것이다 그러함으로 셰상사람들이 이르기를 쳐녀의귀신이 일마다 장대장의 귀에다 이르는고로 눈만쓰고보면 도적이고 아닌것을 안다하엿다 그와가티 영망이 놉흠으로 그가사든 동리일홈을 장대장골라 하엿다

장대장의 유명한 사적을 이야기 하기위해서 두어마듸 설명을 하려한다 하로는 장대장이 출립하는길에 언의동리를 지내다가 여자가 슬피우는 소리를 드럿다 장대장은 싸라단이는 포도군관을 불너서

너는 저우는 계집의집을 차저가서 우는계집을 잡아다가 사관청에 구류(拘留) 하엿다가 내가도라오거든 취조하게 해라

포도군관은 장령을듯고 우는계집의집을 차자가서본즉 어제밤에 그계집의 남편되는 사람이 죽어서 그와가티 슬푸게 우는것이다 포도군관은 불문곡직하고 그계집을 잡아다가 가두어 두엇섯다 장대장이 집으로 도라온뒤에 포도군관은 고과를 한다

소인이 장령을 밧잡고가서 울든계집을 잡아다가 가두엇기로 알외옵니다

당장잡아 드려서 취조케해라

포도군관은 대답을하고 나가더니 계집하나를 잡아다가 섬돌아래 굴녀안첫다 장대장은 내려다본즉 나히이십사오세 가량된 계집이 머리를푸러서산발한것을 그대로 뭉처매고 의복은 예사로입은것이 외모는 수々해서 밉지안타 장대장은 뭇는다

여보아라 너는무슨일노 울엇서

그계집은 겁내는 모양업시

내외사옵다가 남편이 죽어서 울엇습니다

두리살다가 하나가 죽엇슨즉 처량할일이다 그래무슨 병

으로 죽엇는가

알은일도업시 어제밤에 자다가 별안간에 뱃속에서 무엇이치민다고 쒸며근두박질을하더니 한참만에 긔운을 통치못해서 애를쓰다가 필경은 죽엇스니 그런지원극통한 일이 쏘잇슴닛가

말을하고나서 손으로 눈을가리고 훌적훌적 울고잇다 장대장은 다시뭇기를

이전에도그와가티알아본일이 잇섯느냐

전에는 그런일이업섯슴니다

약도못써밧나

녜혼자서 급한중에 엇지할줄 몰나서 약한첩도 못먹여슴니다 그러닛가 더 원통지 아니하겟슴닛가

장대장은 별안간에 영창문을벼락치듯 여러붓치며 눈을부릅쓰고

이년네죄상은 네가알터이니 바로알외여라 매를맛기젼에

그계집은 당돌히

저는아모죄도 업슴니다

뎡영죄가 업슬가 내가알고 뭇는데

죽을지언뎡 죄는업슴니다

장대장은 포도군관을 불너서

너는즉금으로 저년의 집에가서 죽은송장을 갓다가 대령하렷다

포도군관은 장령을 대답하고 갓고그계집은 그제계하에 꿀녀두어서 회보오길 기다렷다번게가티가든 포도군관은 죽은송장을 잡아다가 뜰에대령하엿다 장대장은 또포도군관으로 검시(檢屍)를 하라하엿다 포도군관은 송장의 옷을 벗기고 고로고로 살펴보나 조금도 흔적은업다 얼골을 보든지 전신을 살펴도 병드러죽은것과 한모양이요 독약을 먹고 죽은것가티 살빗이 변한것도업다 그러함으로 검시하든 포도군관이나 좌우에서々 구경하든사람들도 무죄한 사람

을애매히 저리하는가 의심이 나게까지도 되엿다 장대장은 다시포도군관을 부르더니 너는 저송장을 반듯이 누여노코 백곱가를 두손으로 도라가며 눌너봐라백곱에서 나올것이 잇슬것이다

그말에 계집은 얼골빗이 변해진것갓다 포도군은 장령대로 송장의 백곱가를 손으로 눌너보앗다 말총갓흔것이 소사올나온다 그것이 한두개도 아니고 여러개다 뽑아내여 본즉 다른 것이 아니라 고숨돗치의 털이다 장대장은 호령을 한다

이년 인제도 발명을할가

계집은 그제야 복초(服招)를한다

죽을때라 죄를지엿사오니 사토처분만 바라겟슴니다

엇지해서 죽인사실을 자셰알외려아

서방되는 것이 매일술이나 먹고드러오면 죄업시 치기를 예사로하고 살림이란것은 아른체하는 일이업서々 한달이면 밥못지는날이 스무날이 나되오나 제신세만 한탄하옵고지내옵더니 근래에 이러이러한 사람이 불상하다고 혹 돈도주고쌀도주기로 고마운마음이 항상잇든차에 하로는 와서 말하기를 저고생을하며 사는이보다 날과사는것이 엇더하냐고 하옵기로 약한마음에 허락을 하고는 서방되는자다러 이리하고는 살수가업스니 나는아모대로라도 가겟다고하엿더니 불상이 역이는 마음은 조금도업시 서방을 버리고 가려한다고 밤새도록 때려서 닷새나 알코누엇서도 물한목음 먹어보라는 말이업기로 서름이 북밧처서 몃날을두고 울기만하다가 나종에는 악독한 생각을먹고 제가죽어서 그고생을 면해볼가 하다가 다시생각하온즉 아모죄업시 죽는 것이 원통하기로 독한생각이 서방을 죽이고 편이사라보리해서 그런짓을 하와사오니 사토께옵서 죽여주시옵시오

그러면 너를돈주는 사람과 상관이 몃번이나 잇섯느냐

한번이라도 상관된일은 업섯습니다

그러면 그사람과 네서방죽이기를 의론을하고 한것이지

그런일도업섯습니다 그사람은 서방이 죽은것을아지못할 것입니다

그사람은 아지못엿다하고 죄를너혼자 당하려는것이 아니냐

그런생각은 조금도 업섯습니다 그사람을 못본지가 반달이나되엿습니다 에그사람이 장사를하라 외방에가고 편지한것만 보앗습니다 사토쎄게옵서 제몸 상처를보시면 서방놈이한일은통측하실것임니다

옷을활〻벗고 뵈인다 장대장과 여러사람들이 본즉 그계집의 전신이 성한곳이 업시 피딱지뿐이요 곳〻마다푸른뎜이다 장대장은 그것을 볼뿐만아니라 그계집의 위인이 유순한것을 알앗고 또돈을주엇다는 사람이 그일에 간섭이 업는것을 발서알고 잇든터이다 그러하나 사람죽인 중한죄인을 심상이 처단하는 법은업는고로 초사를 대강경하도록해서 상사에 보하고 사사로이 형조판서를 가서보고 그계집의 사실을 명백히 이야기한고로 형조에서도 얼마쯤 관뎐(寬典)을써서 상주(上奏)하야습으로 상감께서도 감동을하서서 죽이는것은면하고 구수로갓처잇다가 차차

사를닙고 나왓다한다

장대장이 몃해동안을 포장으로 잇슬때에 경성안에 도적이란 도적은 모다일망타진을 하고말엇스나 오즉일지매라하는 도적은 잡지못하엿다한다 그도적의 일을전하는바로말하량이면 일지매라는 도적은 누구나 다아듯이 유명하든 도적이지마는 거주도 모르고 셩명도 아는이가업는 다만일매지로만 전해온터이다 엇지하여서 유명하다는 도적인고하니 일지매는 쳐자친속도업는 단신으로날마다 도적질 아니한날이업고 부자의 집이고는 일지매에게 도적아니마진 집이업섯다 엇지해서 일지매에게 도적마진것을아느냐하면 다른까닥이 아니라 일지매가 뉘집이든지 드러가서 물건을 도적해가지고 나올때에는 번々이 매화한가지를 거리고 일지매가 도적해간것을 포시함으로 일지매가 단여간것을 분명이 아는것이다 일지매가 날마다 도적질을 하다가 무엇을 하는야하면 다른것이아니다 산밋궁벽한곳과 가난한사람들이 모혀사는곳을 차저단이면서뉘집에서는 밥을몃때나 못하엿스며 뉘집에서는 초상이나서 장사를 못지냇고 뉘집에서는 해산을하고 찬방에 잇다는것을 낫々치 알아가지고 잇다가 밤에뉘집에든지가서 도적질을 해가지고 나와서는 자긔가 알아본대로 등분을해서 각집주인도 모르게 갓다두고 나올적에 역시매화 한가지를 거리고 오는것이 전례이다 오날도 그리하고 내일도 그리해서 도적질 아니한날이업섯고 가난한집 구제 아니한때가 업기로 소문이 나기를 의적일지매라고하엿다 그의도적질 하는법이 엇지기묘하든지 설후포교가 조망을 느리고 직히는 곳이라도 드러가서 도적해오기를 용이히 하건마는 직히고잇든 포교는 아지도못하게 하엿다 그러하나 언의때에는 우연이 포교의게 잡혀서 포청에다 가두엇스나 일지매로는 아지못하엿다 일지매가 밤에옥직히는 옥졸을 불너서

내가당신을본즉 댁에식구가 을마나 되는지는 아지못하오마는 늘근이가 저옥졸만 단이면 엇지하려하시오

옥졸은 그말을 이상이 역여서

내사실은 그러하지마는 너는무슨의사로 그말을하느냐

내말삼드르면 당신께 조흘도리가 잇슬터이니 엇지하시려오

조흘도리만 잇스면 하다뿐이냐

나를한시동안만 노아줄터이면 당신이평생지낼것을 줄터이오

다라나면 나는엇지하라고

내가비록 도적놈이오마는 당신가티 늘근이를 속여서 죽

을지경에 너코다라날 의리업는놈은 아닌즉 그것은 염려 마시오

정녕이 단여올터이냐

오다뿐이겟소 쏙실신은 아니지요

옥졸이 생각해본즉 만약평생을 먹고살것만 엇고보면 설혹저놈이 도망한죄를 내가당할지라도 죽이지는 아니할것이오 죄를당한들 을마나 고생을하겟느냐 하고

그러면 내가평생살것이 어듸잇늬

내가 가릇처 줄것이니 시방이라도 가서보오 큰광교밋 몃재기동밋헤다가 뭇어둔것이잇스니 가서파보시오

옥졸은 그말대로 광교다리밋흘 파고본즉 과시금은보화가 가득이 뭇처잇다

한짐을 지고와서 즉시옥문을 열고 일지매를 내노면서

실신치말고 곳오나라

염려마시오 곳오리다

일지매는 그길노곳 장대장집으로 가서본즉 장대장은 첩과가티 한자리에서잔다 일지며는 발가벗고 둘이누어자는 새이로 드러가서 이리밀고 저리밀어서 쌀고자든요를 것어서 들보에 매달고 매화한가지를 거린뒤에 다시 포청으로와서 갓처잇섯다 장대장은 일지매를 잡아가둔줄노 알

앗더니 밤에일지매가 드러와서 쳡과자는 요를 것어서 달고간것을 보고는 가둔 것이 일지매가 아니라 해서 노아버렷섯다

일지매는 포쳥에서 나온후에 즉시장대장을 집으로가서보고

사토께서 잡으려하시는 도적일지매가 소인이오리다 오날와서 문안하옵는것은 다름이아니라 사토께 소인을 긔어코 잡으려하시는 의향을 알녀고 왓슴니다

장대장은 뜻밧게 일지매라는 일홈을듯고는 도리혀 어히업서서

너는 네가하는일을 몰나서 날다러 잡으려는뜻을 뭇느냐

소인을 도적놈이라 하서서 잡으시려는 것이지요마는 도적놈도 다각각 종류가 다름니다

도적놈이면 일톄도적놈이지 다른 것이 무엇이란말이냐

도적놈이란것은 주색잡기에 쏫기여서도 도적질을하옵고 또는긔갈에 견듸다 못해서 도적질하는놈도 잇슴니다 그놈들은 진정으로 남의재물을 도적해다가 주색잡기에도 소비하고 긔갈도 면하지요마는 소인은 도적질을 할망정 그런짓은 하는일이 업삽고 오직궁곤한 백성들을 구제할뿐임니다 고리대금을해서 모은부자라든지 소작인의 고혈을 글거서 욕심을 채운것이든지 수령방백으로 잔학불

법으로 모은재산가라는 사람들이 누구하나 구제한다는것을 드르셧슴닛가 소인은 본래처자권속도업는 혼자몸이올시다 엇지해서 불행이 도적질하기을 시작하엿슴니다마는 남의재물을 도적해다가 제가소비하는것은 당연히 죽일놈으로 생각이 드럿슴니다 그리기로 차라리 곤궁한백성을 구졔하는것이 올은것으로 마음을 결정하고 불법잔혹으로 모은재산가의 재물을 도적질아니한날이업시 하다가 궁항벽촌에서 굼고주리는 사람들에게 주인도 아지못하게 갓다주기를 어제밤까지 하엿슴니다 도적과 다름업시 모은놈의 재물을 빼서다가 죽게된 사람을 구졔하는것이 무슨죄라하시고 잡으려하심닛가 소인이 지금까지도 도적질은 함니다마는 필경에는 그행실을 곳칠때가 잇슬터이오니 사토께서는 깁히통촉하옵서 처분하여주옵시오

장대장도 그말을듯고생각해본즉 용서하는것도 무방할듯해서

그러면 너를용서할터이니 아모조록 속히행실을 곳치도록해라

장대장이 일지매를 용서한후로 그집에를 빈삭히 츌입하엿다 장대장은 일지

매의 도적질하는법이 하도긔묘하다함으로 한번시험하기

위해서 일지매다려

네가도적질을 긔묘하게한다하니 내압헤 잇는물건을 집어 가겟느냐

녜어렵지안습니다

장대장은 칼하나를 집에쏘자서 마진벽에 거러두고 일지매로 집어가라고하엿다 여러날이 지내도록 그칼은 여전히 걸녀잇다 장대장은 일지매다려

너다러 저칼을 집어가란지가 여러날이 되엿는데 지금까지 잇스니 네가도적질을 긔묘이한다해도 내압헤것은 못집어가는것이다

일지매는 우스며

소인이 집어간지가 오랩니다 그저두엇슬리가 잇습닛가 저것을갓다보시면 아실것임니다

장대장이 그칼을가저오라해서본즉 과시칼이아니라 나무로 그칼과가티 맨긴

것이다 그일지매가 칼을집어갈째에 대신걸고 간것이다

일지매가 하로는 도적질을 하려고 다방골 언의부자의 쳡에집을 드러가서본즉 사랑에 사람하나가 자지안코 잇슴으로 집웅우에서 그사람이 자기를 기대리고 잇섯다 한참잇다 그사람이 나오더니 안으로 드러가서 순행을하고나

서 안방창밧게잇는 술을먹고 나와서는 문을닷고 자려는 모양이다 일지매는 그사람이 잠들기만 기대리고 잇섯다 오래지아니해서 그사람이 쏘나와서 사랑문까지 드러가다가 도로나와서 자려고하는 모양이러니 한참만에 쏘나와서 안마당까지 드러가다가 도로나와서 한동안지체해서 다시나와서 안방창문압까지 갓다가 무슨생각을 하는듯하더니 도로나와서 문을모다걸고 잠을쇠로 안으로 잠그고 열쇠는 창틈으로 내던저바리고 자는모양이다 일지매는 그사람의 하는행동이 하도이상해서 도적질은 고만두고 그사람에게 엇지된리유를 무러보겟다 생각을하고 집웅우에서 내려와서 문을흔들며 그사람을 불넛다 그사람은 부르는 소리에 놀나면서

이밤중에 누가남의집에 드러와서 부르시오 녜나는 도적질하라 단이는사람이요 문좀여러주시오

문을안으로 잠그고열쇠를 밧갓흐로 내버렷스매 열수가업소

그러면 열쇠를드려보낼터이니 여르오

일지매는 열쇠를 문틈으로 드려보냇다 그사람은 문을열고 나오면서

나를웨불넛소

무러볼말이잇소 내가집웅우에서본즉 당신이 세번이나 안

에를 드러가려다가 나와서 문을안으로 잠그고 열쇠를 문틈으로 내버리는것을보며 무슨일노 그리하는지 이상해서 무러보는것이니 리유를 알녀주시오

그러하겟소 내이야기를 드르시오 이집은 나와절친한 친구의 소가이오 주인되는 친구가 외방에가면서 날다러 이집에와서 자고잇서서 숙직해달나는 부탁을듯고 와서자며 매일밤이면 순경을 돌든터이오 오날도 순경을돌고 나오는길에 안에서 의례히 술상을 창밧게 차려두는고로 그것을먹으러가서 방안평상에서 자는안주인을 달빗에 발틈으로본즉 욕심이 별안간에 이러나는것을 억지로참고 나와서 자려고하나 욕심을 것잡지못해서 다시사랑문까지 드러가다가 생각하기를친구의 부탁을밧고 이러한 불의에마음은 사람의 도리가아니다하고 도로나왓더니 그마음은 적은듯업서지고 욕심만 불가티 나기로 쏘안마당까지드러갓다가 다시내마음을 꾸짓고 도로나왓스나 욕심에 의리는 무엇이냐하고 쏘드러가기는 하엿스나 창문압까지 가서는 이러한 부도덕한놈의 행실이 어듸잇스랴하고 도로나와서 그욕심을 억제하기을 위해서 문을안으로 잠그고 열쇠를 창틈으로 내버린것이오

일지매가 그사람의말을 듯고나서 생각한즉 엇더한사람은

마음이 정직하고 인선하기가 저러하고 엇더한놈은 마음이 불량해서 남의재물을 도적질을 하는고 내가아모리 가난한사람을 구제한다하나 마음인즉 불량하기로 도적놈은 일반일것이다 오늘저사람의 어진행실을 본밧고 불량한행실을 곳치지아니하면 그죄악에 죄악을 더하는것갓다 결심을한뒤에 그사람에게 절을하며

나는도적으로 유명한일지매올시다 당신의놉흔신 행검을 본밧고자 이왕에 불량하든 마음을당장에 스사로꾸짓고 곳처사오니 차후로 착하고어진길노 인도하시기를 바람니다

그사람은 일지매를 붓드러 안치며

성인도 허물을 곳치는 것이 귀하다하셧스니 낸들그대의 개심수덕하는 것을 사랑치아니할 리가 잇겟소 이제로붓터 우리두사람이 형뎨의 의를맷고 서로 착한길노 권하도록 합시다

그후로 일지매는 그사람가티 그집에잇섯다 오래지아니해서 그집주인이드러와서 그사람에게 오래동안 숙직하노라고 수고한 것을 치사하고 일지매를 가릇치며 누구냐고 무럿다 그사람은 전후소경을 낫낫치 이야기하고 형뎨로맷고 갓티잇는뜻을 말하엿다 즉인도 역시정대하고 현명한 사람이다 먼저는 그사람의 정직한 것을 치사하고 뒤에는

일지매를 칭송하며

내가두분갓흔 사람을 찬조을아니한다면 돈견이나 다름업는 위인이 아니겟소 이후로는 우리세사람이 갓치지내게 합시다

즉시동리집 두채를사고 가산을 작만한후에 가속을 장가들여 평생을 갓치지냇다한다.

「끗」

포도대장 장지항과 의도 일지매

저작	이규용
옮긴이	장지훈
초판 1쇄 발행	2023년 10월 04일
편집	임명선
디자인·일러스트	최효선
펴낸이	윤진경
펴낸곳	두두
등록	2018년 04월 11일(제2018-000005호)
주소	부산 수영구 연수로 357번길 17-8
전화, 팩스	051-751-8001, 0505-510-4675
전자우편	doodoobooks@naver.com

Published in Korea by DooDoo Publishing Co, Busan.
Registration No. 2018-000005.
First press export edition October, 2023.

Author Lee Gyuyong
Translator Jang Jihun
ISBN 979-11-91694-21-5　03810

※ 가격은 겉표지에 표시되어 있습니다.